SEMPRE SUSAN

UM OLHAR SOBRE SUSAN SONTAG

Direção Editorial: **Silvio Testa**

Coordenação Editorial: **Carla Fortino**
Edição: **Fabiana Medina**
Revisão: **Andressa Veronesi** e **Laila Guilherme**
Capa e ilustração: **Fabiana Yoshikawa**
Diagramação: **Estúdio Dito e Feito**

1ª Edição: 2023

Dados Internacionais de Catalogação na Publicação (CIP)
(Angélica Ilacqua CRB-8/7057)

Nunez, Sigrid.
Sempre Susan : um olhar sobre Susan Sontag : memórias / Sigrid Nunez ; tradução de Carla Fortino. — 1ª ed. — São Paulo : Editora Instante: 2023.

ISBN 978-65-87342-50-4
Título original: Sempre Susan: A memoir of Susan Sontag

1. Autores americanos 2. Sontag, Susan, 1933-2004 – Memórias I. Título II. Fortino, Carla

CDD 818.5409
23-3630 CDU 929(73):82

Índices para catálogo sistemático:
1. Sontag, Susan, 1933-2004 — Memórias

Texto fixado conforme o Acordo Ortográfico da Língua Portuguesa de 1990, em vigor no Brasil a partir de 2009.

www.editorainstante.com.br
facebook.com/editorainstante
instagram.com/editorainstante

Sempre Susan: um olhar sobre Susan Sontag
é uma publicação da Editora Instante.

Este livro foi composto com as fontes Arnhem, Cyrièle e Circe e impresso sobre papel Pólen Natural 80g/m^2 em Gráfica Ipsis.

FSC
www.fsc.org
MISTO
Papel | Apoiando o manejo florestal responsável
FSC® C011095

SEMPRE SUSAN

UM OLHAR SOBRE SUSAN SONTAG

MEMÓRIAS

SIGRID NUNEZ

TRADUÇÃO
Carla Fortino

instante

Era a primeira vez que eu ia a um retiro de escritores, e, por alguma razão da qual já não me lembro, tive de adiar a data em que deveria chegar lá. Estava preocupada com a possibilidade de meu atraso não ser visto com bons olhos. Susan, porém, garantiu que isso não seria algo ruim. "É sempre bom começar alguma coisa quebrando uma regra." Para ela, chegar atrasada *era* a regra. "As únicas situações em que me preocupo em chegar atrasada são quando devo pegar um avião ou assistir a uma ópera." Quando reclamavam sobre sempre terem de esperá-la, ela não demonstrava remorso. "Acho que as pessoas não são inteligentes o suficiente para levar algo para ler..." (Mas, quando algumas eram mais espertas e Susan acabava tendo de esperar por elas, não se mostrava nada satisfeita.)

Minha fastidiosa pontualidade a deixava nervosa. Certa vez, quando almoçava com ela, ao perceber que me atrasaria para voltar ao trabalho, eu me levantei da mesa em um pulo, e ela zombou de mim: "Sente aí!

Você não precisa chegar lá exatamente na hora. Não seja tão servil". *Servil* era uma de suas palavras favoritas.

Excepcionalismo. Era de fato uma boa ideia nós três — Susan, o filho dela e eu — dividirmos o mesmo domicílio? David e eu não deveríamos ter um lugar só para nós? Ela dizia que não via razão para não morarmos todos juntos, até mesmo se David e eu tivéssemos um filho. Ela nos sustentaria com prazer se fosse necessário, disse. E, no momento em que expressei minhas dúvidas: "Não seja tão convencional. Quem disse que precisamos viver como os outros?".

(Certa vez, na St. Mark's Place, ela apontou para duas mulheres com aparência excêntrica, uma de meia-idade, a outra idosa, ambas vestidas como ciganas, com cabelos grisalhos longos e soltos. "Velhas boêmias", disse. E acrescentou, brincando: "Nós duas daqui a trinta anos".

Mais de trinta anos se passaram; ela está morta e não existe mais boemia.)

Susan tinha quarenta e três anos quando nos conhecemos, mas parecia bem velha para mim. Em parte porque eu tinha vinte e cinco, e naquela idade qualquer pessoa com mais de quarenta anos parecia velha para mim. Mas também porque ela estava se recuperando de uma mastectomia radical. (Quebrar uma regra: quando a equipe do hospital a repreendeu por se recusar a praticar os exercícios de reabilitação recomendados, uma enfermeira empática sussurrou em seu ouvido: "A Happy Rockefeller também não os praticou".) Sua pele estava amarelada, e seu cabelo... sempre me deixa perplexa o fato de tantas pessoas pensarem que ela descoloria a mecha branca, quando deveria ser óbvio que aquela era a única parte na cor verdadeira. (Um cabeleireiro sugeriu que manter uma mecha sem pintar deixaria o cabelo menos artificial.) A quimioterapia havia afinado seu cabelo extraordinariamente grosso e preto, mas não todo, embora o que voltara a crescer fosse na maior parte branco ou grisalho.

Então, algo esquisito: quando nos vimos pela primeira vez, ela aparentava ser mais velha do que aparentaria depois que passei a conhecê-la. À medida que recuperava a saúde, parecia mais jovem a cada dia e, quando decidiu colorir o cabelo, ainda mais nova.

Foi na primavera de 1976, quase um ano depois de eu ter concluído meu mestrado na Columbia, época em que eu morava na rua 106 Oeste. Susan, que residia na esquina da 106 com a Riverside Drive, tinha uma pilha de cartas não respondidas que acumulara no período da doença e a qual queria liquidar. Pediu a alguns amigos, os editores da revista *The New York Review of Books*, que lhe indicassem alguém que pudesse ajudá-la. Eu havia trabalhado como assistente editorial na *Review* entre a faculdade e a pós-graduação. Os editores sabiam que eu datilografava e morava por perto, então me indicaram para ela. Esse era exatamente o tipo de bico que eu procurava naquela ocasião: o tipo que era pouco provável de interferir na minha escrita.

No primeiro dia em que fui ao número 340 da Riverside Drive, o tempo estava ensolarado, e o apartamento — uma cobertura com várias janelas grandes — possuía uma luminosidade ofuscante. Trabalhávamos no quarto de Susan, eu na escrivaninha, datilografando em sua robusta IBM Selectric, enquanto ela, andando pelo quarto ou deitada na cama, ditava. O quarto, assim como o restante do apartamento, era mobiliado de maneira austera; as paredes eram brancas e vazias. Como depois explicou, por ser onde trabalhava, ela queria o máximo possível de espaço branco ao redor e tentava manter o cômodo o máximo possível desprovido de livros. Não me lembro de ter visto nenhum retrato de familiares ou amigos (na verdade, não me recordo de retrato algum à mostra em qualquer lugar daquele apartamento); em vez disso, poucas fotografias em preto e branco (como aquelas que constam do material promocional das editoras) de alguns de seus heróis literários: Proust, Wilde, Artaud (ela havia acabado de editar um volume com escritos escolhidos do escritor), Walter Benjamin. Em outro lugar no apartamento havia uma série de fotografias de antigas estrelas do cinema e cenas de filmes famosos em preto e branco. (Estas, eu me recordo, haviam antes decorado o saguão do New Yorker Theater, cinema que exibia filmes antigos na rua 88 com a Broadway.)

Ela usava blusa solta de gola rulê, calça jeans e chinelos Ho Chi Minh, os quais, acredito, comprara em uma das viagens ao Vietnã do Norte. Por causa do câncer, tentava parar de fumar (ela tentava, e falhava, e tentava de novo, repetidamente). Virou um pote inteiro de petisco de milho tostado temperado, fazendo-o descer com goladas de água de um galão de plástico.

A pilha de cartas era assustadora; demoraria horas para dar conta, mas o que tornou nosso progresso absurdamente lento foi o telefone, que não parava de tocar, e, a cada vez que soava, ela atendia e conversava (em alguns casos, por um bom tempo), enquanto eu, sentada ali, esperava, claro, ouvindo e algumas vezes acariciando o cachorro malamute do Alasca grande e carente de atenção que pertencia ao filho dela. Boa parte dos telefonemas era de pessoas cujo nome eu conhecia. Percebi que ela ficava chocada com a maneira como muitos reagiam à notícia de seu câncer. (Embora eu ainda não soubesse, ela já trabalhava nas ideias para o que se tornaria o ensaio "Doença como metáfora".) Eu me recordo de ouvi-la descrever o câncer a um interlocutor ao telefone como "a doença imperial". Eu a escutei dizendo a várias pessoas que a morte recente de Lionel Trilling e a de Hannah Arendt a haviam feito sentir-se "órfã". E uma indignação feroz quando ela relatou que alguém dissera de Trilling que não era de admirar que ele tivesse câncer, uma vez que provavelmente não comia a esposa havia anos. ("E essa era uma fala *acadêmica*.") Ela odiava admitir isso, mas bravamente o fez: um de seus primeiros pensamentos quando soube que tinha câncer fora "será que não fiz sexo o suficiente?".

Em uma das vezes, era o filho ao telefone. Um ano mais novo que eu, David, que havia deixado Amherst, retomara recentemente os estudos e era então veterano em Princeton. Tinha onde ficar ali, mas na maior parte da semana morava com a mãe. O quarto dele (que logo seria nosso) era bem ao lado do dela.

Aquela tarefa a entediava. Após termos respondido poucas cartas, ela propôs que parássemos para almoçar. Eu a segui até o outro lado do apartamento, cruzando corredores com fileiras de livros, e uma sala de jantar, onde admirei a mesa de madeira longa e elegante com bancos combinando também de madeira (uma antiga mesa de fazenda francesa, ela me informou) e um pôster emoldurado *vintage* da Olivetti ("*la rapidissima*") pendurado na parede atrás dela. A mesa de jantar em geral ficava coberta de livros e artigos, e a maioria das refeições era feita na cozinha, em um balcão de madeira que alguém havia pintado de azul-escuro.

Sentei em um banco em frente ao balcão me sentindo bastante inibida enquanto ela aquecia uma lata de sopa Campbell's de cogumelo. Adicionou a mesma medida de leite, e foi suficiente para nós duas. Surpreendeu-me que ela fosse tão falante. Eu estava acostumada ao mundo hierárquico da *New York Review*, cujos editores nunca conversavam com a equipe. Naquele dia, soube que o inquilino anterior havia sido seu amigo Jasper Johns; vários anos antes, quando Johns decidiu se mudar, Susan assumiu o contrato de aluguel. Infelizmente, no entanto, ela não achava que lhe seria permitido ficar; o dono do prédio queria o apartamento para si. Era óbvio por que Susan queria permanecer no imóvel: uma cobertura grande, com dois quartos, em um belo edifício anterior à guerra — e com uma pechincha de aluguel, se bem me lembro, quatrocentos e setenta e cinco dólares por mês. A sala de estar enorme parecia ainda maior, por ser tão pouco mobiliada (ali, ouvia-se até um pouco de eco). Mas do que ela sentiria mais falta, me disse, era da vista: o rio, os pores do sol. (A grande vista seria ainda melhor da varanda, mas o ambiente estava uma desordem: era onde o cachorro fazia suas necessidades.) Na outra extremidade do apartamento, a partir dos dois quartos, havia um quarto bem menor, que já fora de serviço, com lavabo. Naquela época, um amigo de David dormia ali. Depois que me mudei para lá, esse seria o meu escritório. ("Você é a única nesta casa com *dois* cômodos", Susan me diria, magoada, acusadora, depois que a informei que estava saindo do "340".)

Enquanto almoçávamos, ela me fez várias perguntas sobre como era trabalhar para os editores Robert Silvers e Barbara Epstein na *New York Review* e como foi ter aulas com Elizabeth Hardwick, que fora uma das minhas professoras na Barnard e membro do conselho editorial da *Review*. Estava evidente que essas três pessoas despertavam o mais vívido interesse — a fascinação, até — de Susan, e eu aprenderia que a amizade e a aprovação delas significavam tudo para ela. Os três estavam entre os fundadores da *Review*, em 1963. Susan achava que a revista era muito superior a qualquer outra publicação do país — um esforço "heroico" para alçar a vida intelectual dos Estados Unidos aos mais elevados padrões — e sentia orgulho de ser colaboradora desde o primeiríssimo número. Seus ensaios eram editados por Silvers: "De longe, o melhor editor que tive". O melhor editor que qualquer um *poderia* ter. Assim como outros colaboradores da *Review*, ela se impressionava com o grande respeito que ele dirigia aos autores, com seu perfeccionismo e o trabalho intenso que dedicava à revisão dos artigos para publicação. Era uma das pessoas mais inteligentes e talentosas que conhecera, ela disse — e, muito provavelmente, a mais esforçada, quase sempre encontrada em sua mesa, sete dias por semana, inclusive feriados, o dia inteiro e às vezes até durante a noite. Ele era precisamente dotado da disciplina, da paixão intelectual e do escrúpulo que Susan mais admirava nas pessoas e inspirou nela a mesma reverência suscitada apenas por escritores e artistas mais sérios.

O orgulho dela de escrever para a *New York Review* se equiparava ao orgulho de ter a Farrar, Straus and Giroux como editora de seus livros. Na realidade, sua conversa mais longa e íntima ao telefone naquele dia fora com Roger Straus, que, como presidente da FSG, havia publicado o primeiro livro de Susan treze anos antes e publicaria todos os outros. Não era incomum que os dois se falassem ao menos uma vez por dia. Naquela época, Susan não tinha agente literário, e Straus, além de publicar os livros dela, cuidava de determinados negócios com os quais um presidente de editora em geral não lidava, como tentar fazer com que os contos e os artigos dela fossem aceitos em revistas. Mas o relacionamento deles não era apenas profissional; eram grandes e velhos amigos, confidentes, e Straus participava de diversos aspectos da vida de Susan que não envolviam a escrita, incluindo a crise da doença dela e, quando o momento chegou, a busca por um novo apartamento. Embora David já tivesse dez anos quando Susan e Straus se conheceram, Straus com frequência se referia a ele como "provavelmente meu filho ilegítimo". Logo ele levaria David para a editora, fazendo dele editor da própria Susan, dentre outros autores.

A sopa não foi suficiente. Ela vasculhou a geladeira, que estava quase vazia; ainda que não fosse época de milho-verde, havia uma embalagem plástica de espigas. Após comermos o milho, ela disse: "Claro, eu não queria nada daquilo. Tudo o que queria era um cigarro". Eu havia parado de fumar recentemente, mas, assim que me mudei, recomecei. Nós três fumávamos, assim como quase todo mundo que ia àquele apartamento.

Na hora em que fui embora naquele dia, o sol já estava baixo sobre o Hudson, mas tínhamos trabalhado muito pouco. Susan pediu que eu voltasse em poucos dias. Lembro que pensava, conforme caminhava até minha casa, quão descontraída e aberta ela fora — bem mais como alguém da minha idade que da geração da minha mãe. Mas Susan era sempre assim com os jovens, e tampouco existia entre o filho e ela a distância geracional comum; seu filho, o qual ela passou a tratar como adulto antes mesmo que ele chegasse ao ensino médio sem nem mesmo parecer duvidar de que era assim que as coisas deveriam ser. Quando penso nisso agora, não posso evitar pensar também em algo que Susan dizia com frequência: que ela se recordava da infância como uma época de completo tédio e mal podia esperar que tal fase terminasse. Sempre tive dificuldade para compreender isso (como a infância de qualquer um — até mesmo uma não muito feliz — poderia ser descrita como "total perda de tempo"?), mas ela desejou que a infância de David passasse o mais rápido possível também. (E, depois que a fase terminasse, ele também olharia para a infância como uma época infeliz, usando a mesmíssima frase que Susan sempre empregava para descrever a própria: uma sentença de prisão.) Era como se, de algum jeito, ela de fato não acreditasse — ou talvez, melhor dizendo, não visse *valor* — na infância.

Para David, ela se tornou "Susan" quando ele ainda era um menino, e o pai dele, o sociólogo e crítico cultural Philip Rieff, era "Philip"; David me contou que nem passava pela cabeça dele chamá-los de Mãe e Pai.

E, sempre que Susan falava com David a respeito do pai — com quem ela se casou quando era uma estudante de dezessete anos da Universidade de Chicago, e ele um professor de vinte e oito anos, e do qual se divorciou sete anos mais tarde —, ela se referia a ele também como Philip. David raramente dizia "minha mãe" ao falar dela, e eu achava estranho dizer "sua mãe". Era *sempre* Susan. (Certa vez, nos meus primeiros dias na *New York Review*, Robert Silvers disse: "Ligue para Susan". Conforme eu alcançava o Rolodex, perguntei: "*Que Susan?*". Barbara Epstein também estava por perto e, ao ouvir minha pergunta, riu. "*Que Susan*", repetiu, balançando a cabeça, e compreendi que ela ria de mim.)

Nomes. Susan confessou que nunca se entusiasmou com o fato de ter recebido um nome tão enfadonho e comum. ("*Você não tem cara de Susan*", ela dizia, imitando as várias pessoas que lhe haviam dito isso.) Irritava-se e corrigia duramente qualquer pessoa que a chamasse de Sue. Não gostava de abreviações de nomes e apelidos em geral, embora muitas vezes chamasse David (nome que deu ao filho por causa da escultura *Davi*, de Michelangelo) de Dig.

Naqueles anos, nem a mãe, nem o filho tiveram contato com o pai dele. Uma vez, no entanto, quando nós três íamos de carro até a Filadélfia, onde Susan fora convidada para ministrar uma palestra e onde o pai de David morava com a segunda mulher, Susan disse a David, do banco de trás: "Acho que você deve levar Sigrid para conhecer Philip". E assim, no dia seguinte, antes de regressarmos a Nova York, dirigimos até a casa de Philip Rieff. Susan disse que aguardaria no carro. Não tínhamos avisado que o visitaríamos, e, quando tocamos a campainha, ninguém atendeu. Mas, por uma pequena vidraça na porta da frente, era possível espiar lá dentro, para onde David apontava a coleção de bengalas do pai.

Não conheci Philip Rieff. Mas, ao saber de sua morte, em 2006, pensei imediatamente naquelas bengalas e senti um aperto no coração.

Até então, eu havia lido poucos textos de Susan. Nenhuma de suas obras fazia parte das ementas dos cursos que fiz, e me lembro de seu nome ter sido mencionado somente uma vez. Um professor chamou atenção para o fato de que Philip Rieff, o editor de texto dos artigos de Freud que faziam parte de nossa bibliografia, havia sido casado com Susan Sontag, a qual, após o divórcio, escreveu um livro chamado *Contra a interpretação*. Obra que, disse ele com uma risadinha, sempre o impressionara por ser hilária.

Naquela época, havia uma livraria chamada Pomander na rua 95 Oeste. Lá encontrei edições de capa dura de dois romances seus, *O benfeitor* e *Morte em questão*, e duas coletâneas de ensaios, *Contra a interpretação* e *A vontade radical*, os volumes que Susan havia publicado até então. (Até aquele momento, ela também tinha dirigido três filmes. Certamente outro motivo que me levara a achar que fosse tão velha era o fato de já ter realizado tanto e de ser famosa desde que eu era menina.) Quando eu estava pagando os livros, o dono da loja disse: "Ah, a Susan Sontag vem toda hora aqui". (Sem dúvida, sempre que ia ver um filme ao lado, no antigo cinema Thalia, especializado em filmes de arte.) "Mas agora ela está muito doente. Está morrendo."

Eu me lembro de não ter levado a sério aquelas palavras. Tinha acabado de passar várias horas com ela. Não me pareceu "muito doente". Não agira como alguém que estivesse morrendo. Eu sabia que tinha câncer de mama, mas ainda não conhecia todos os fatos. Não sabia quão avançado era seu caso, quão preocupante o prognóstico. Meu pai havia morrido de câncer não muito tempo antes, mas nunca vi Susan se mostrar ameaçada da mesma maneira. Ela pode ter parecido velha para mim, mas era vinte anos mais nova que meu pai quando ele morreu. E, quando ela faleceu, três décadas mais tarde, embora a notícia não tenha sido uma surpresa (eu sabia que ela estava gravemente enferma), foi um choque. O amigo de quem recebi o anúncio disse: "Ela era uma presença tão vital, e o fato de ter sido abatida dessa maneira é muito desanimador". Lembro que a palavra *abatida* me encantou; acho que Susan teria gostado dela também. Não consigo pensar em outros autores cuja morte teria inspirado tal reação. (Imediatamente, porém, veio à minha mente aquele famoso escritor fictício, as notícias de cuja morte em Veneza, assim nos foi dito, foram recebidas pelo mundo — apesar de ele ser velho — com choque.) Embora ela estivesse prestes a completar setenta e dois anos quando faleceu — e sofresse quase certamente de um tipo incurável de leucemia —, foi como se sua vida tivesse sido brutalmente ceifada, como se ela tivesse sido golpeada em sua plenitude. *Abatida.*

Depois descobri que muitas pessoas sentiram o mesmo choque que eu e que houve outras até que, a despeito da idade de Susan e do grau de letalidade de sua doença, acreditaram fortemente que ela venceria esse câncer assim como vencera o de mama e o de útero anos antes. E agora me parece que o fato de ela ter sido alguém assim, que impressionava os outros por ser tão forte e durona, tão *viva* para morrer, diz algo maravilhoso sobre Susan. E isso faz com que seu comportamento extremo — conforme descrito por David após a morte dela, sua insistência na excepcionalidade, a recusa em admitir que seu caso não tinha esperança, que a morte era não somente inevitável, não somente próxima, mas *presente* — seja visto, se não de maneira menos delirante, talvez um pouco mais compreensível.

Rapidamente li os quatro livros dela, um após o outro. Tinha uma ideia (premonitória, uma vez que se confirmou) de que dentro em pouco ela me perguntaria quais deles já havia lido, e a resposta correta seria *todos eles*. E, assim como muitos outros leitores de sua obra, considerei os ensaios fascinantes e os romances custosos de ler.

Na época, eu estava arrebatada por Virginia Woolf. Estava maravilhada com a professora Hardwick, que não era somente minha docente como também o primeiro escritor profissional que conheci, e sobre a qual Susan dizia: "Ela escreve mais frases bonitas que qualquer outro autor estadunidense vivo". Susan falava de maneira sonhadora das vezes que quis se tornar "mais Lizzie" na própria prosa. Criadora de frases esculturais, lindamente cadenciadas, Hardwick também era, de acordo com Susan, "a rainha dos adjetivos".

A escrita ficcional de Susan era cativante, dramática; era densa daquilo que chamamos de ideias "arrojadas", declaradas com ousadia. Mas seu estilo... ela não tinha um estilo bonito. Não escrevia belas frases, e, se havia algo a admirar em seus romances, eu não o estava captando. Isso era decepcionante, pois, poucos anos antes, fiquei enlevada com um conto dela publicado na *Atlantic Monthly*, "Project for a Trip to China" [Projeto para uma viagem à China]: uma obra híbrida, ao mesmo tempo ensaio e conto, uma obra de imaginação, se não de invenção, a qual recortei e guardei (mais tarde, seria incluída em *I, etcetera* [Eu, *et cetera*], sua única coletânea de contos). Levaria muitos anos, contudo, até que ela escrevesse um romance que eu pudesse apreciar: *O amante do vulcão*, publicado em 1992.

Em determinado momento em meados da década de 1980, enquanto ela lutava para escrever sobre a visita que fez na adolescência à casa de Thomas Mann (seria enfim publicado como um conto chamado "Pilgrimage"

[Peregrinação] na *New Yorker*), ela me contou que tivera uma revelação sobre sua ficção — sobre o que estava faltando nela. Tinha a ver com detalhes, disse. Ainda que fosse grande admiradora da prosa de Nabokov, ela não seguia a famosa regra dele: afagar os detalhes divinos. Parte do problema, disse ela, era que de fato não notava os detalhes da maneira como Nabokov o fazia; ou os notava, mas não se recordava deles depois. Por exemplo, ela não conseguia se lembrar de quase nada da casa de Thomas Mann naquele dia. Algo muito frustrante, disse, agora que gostaria de contar a história.

Se esse era um ponto fraco em sua obra, foi o que se determinou a corrigir com uma vingança quando sentou para escrever seu romance seguinte. *O amante do vulcão* é simplesmente saturado do tipo de detalhe sensorial e específico que não é encontrado em sua escrita pregressa.

Eu não tinha um diário naquela época — ou, se tinha, ele há muito despareceu —, então não posso dizer com certeza quantas vezes fui ajudar Susan com as cartas, mas acho que foram somente três ou quatro. E acredito que foi na segunda vez que conheci a mãe dela, que a visitava na cidade: uma mulher pequena e de aparência delicada (a filha ficava enorme ao lado dela), com cabelo pintado de preto bem escuro na altura do queixo. Ela me pareceu uma melindrosa envelhecida — uma Louise Brooks velha. Batom vermelho e unhas longas também vermelhas. Eu me recordo de alguma joia... acho que anéis. Será que me lembro de uma piteira ou a inventei? Mas de fato me recordo de que ela fumava. ("Não ia fazer isso na frente de Susan", ela me disse. "Mas quando vi David e todo mundo acendendo o cigarro...")

Naquele dia, quando Susan e eu estávamos sozinhas, ela me falou — com seu jeito aberto e confiante — sobre sua família. Contou-me que raramente via a mãe, que saiu de casa quando tinha dezesseis anos e desde aquele tempo ela e a mãe pouco tiveram a ver uma com a outra. Quando a mãe soube do câncer, mandou para Susan um cobertor elétrico. Susan rolou os olhos para cima e deu de ombros, como se tivesse sido um gesto desatento. Naquele dia, lembro que falou sobre a mãe de maneira franca, mas sem amargura. Em outras ocasiões, contudo, muito mais seria dito, e com tanto sentimento, que sua mãe se tornou quase mítica: uma mulher fria, egoísta, narcisista e dura, que nunca demonstrou a mínima afeição a Susan, que nunca encorajou a filha talentosa, que parecia nem ter percebido que *tinha* uma filha talentosa. "Eu levava para casa boletins escolares perfeitos, e ela os assinava sem dizer nada. Nunca me elogiou e não tinha interesse algum na minha educação."

A Péssima Mãe. A Mulher Dragão. (Mais uma vez: para David, ela era Mildred, nunca Vovó.) Era avarenta também. "Ela nunca me deu um centavo. Quando concluí a escola, fiquei por conta própria. Podia ter morrido de fome." Todos os que conheciam Susan sabiam dessa história e de quão profundo era seu ressentimento. Ela via a si mesma como uma filha negligenciada, abandonada. Boa parte dos cuidados com ela foram confiados a outra mulher, Rosie, irlando-americana descrita por Susan como iletrada e a qual voltaria à vida de Susan após o nascimento de David. ("Brincamos que esse é o motivo de sermos tão parecidos", disse Susan. "Por compartilharmos a mesma babá.")

Repetidas vezes ouvíamos isto: *Minha mãe nunca se importou com o que acontecia comigo. Minha mãe nunca esteve presente.* Era como se tivesse ocorrido na véspera. Uma ferida jamais cicatrizada.

Tinha um padrasto, de quem adotou o sobrenome, e uma irmã mais nova. Embora não falasse deles com o mesmo ressentimento com que se referia à mãe, dizia que também era distante deles. Por não ter nada em comum com eles. Ela era a única intelectual, a única com paixão pela cultura, a única interessada em política. Sua escrita, suas honrarias, sua carreira brilhante — nada disso significava muito para seus parentes, disse; o mundo dela era, para eles, o espaço sideral.

Agora descobri que "Project for a Trip to China" era — assim como soava ser — completamente autobiográfico. (Algo incomum para ela, explicava. Ela nunca foi o tipo de escritora que escrevia diretamente a partir de uma experiência pessoal. Na verdade, "Sou *anti*autobiográfica", disse.)

O pai morrera de tuberculose quando Susan tinha cinco anos. A mãe demorou vários meses para revelar que ele não voltaria mais da China, onde estivera trabalhando, e fez isso de um jeito bastante direto e objetivo, como se fosse algo que não merecesse tanta importância. E então: "Bum", disse Susan, "tive meu primeiro ataque de asma". Sua asma tornou-se um problema tão sério que, seguindo recomendações médicas, a família teve de mudar-se da cidade de Nova York, onde Susan nasceu, para uma breve estada em Miami e então Tucson, onde se estabeleceu. Mais tarde, ela também teria enxaquecas e períodos de anemia. Lembrava-se de tomar copos diários de sangue, que a mãe trazia para casa do açougue (imagem que achei bastante perturbadora).

Em razão do fato de mal se lembrar do pai e de ser incapaz de conhecer um pouco que fosse sobre ele, teve de inventá-lo. Naturalmente, ela o idealizou. Estava além da compreensão de Susan (e não somente da dela) que uma pessoa tão mediana, apática, sem ambição quanto Mildred pudesse tê-la gerado. Imaginava o pai, embora ele não tenha recebido uma educação altamente qualificada, dotado de uma boa mente e outras características que admirava. Eu achava que ela estava certa. E que Jack Rosenblatt devia ter sido um ótimo sujeito. Susan gostava de pensar que, se não tivesse morrido, teria sido um bom pai para ela, o membro da família com quem teria conseguido se relacionar, alguém orgulhoso de suas conquistas, capaz de compartilhar o entusiasmo dela. O marido, é claro, foi um pai terrível. Mas ela acreditava que seu filho não seria apenas um bom pai, mas um *grande* pai. Isso era algo que ela me dizia o tempo todo — assim como dizia o tempo todo que acreditava que havia sido uma grande mãe. Quando certa vez me perguntou se eu achava que seria uma boa mãe e respondi a verdade — que eu não sabia —, ela ficou preocupada. "Como você pode dizer uma coisa dessas de si mesma?" Era como se eu tivesse confessado ser uma pessoa ruim. Ela dizia nunca ter tido dúvidas sobre si mesma em relação a esse assunto. Na realidade, não ter tido mais filhos era um de seus maiores arrependimentos. Falou do sentimento "criminoso" que experimentava cada vez que via um bebê ou uma criança pequena. "Quero *raptá-los*." Até mesmo a visão de um filhote poderia arrebatá-la. Certa vez, contou, viu um elefante bebê de perto e ficou bem abalada, "chorei de soluçar". (Imaginei que isso pudesse ter a ver com o fato de ela e David terem ficado separados boa parte da infância dele. Deixava-o com frequência aos cuidados de outras pessoas, algumas vezes por longos períodos. Perto do aniversário de cinco anos dele, viajou para o exterior e só foi reencontrá-lo depois de mais de um ano.)

Contou-me que, quando David estava crescendo, toda vez que ela agia de maneira oposta à própria mãe (por exemplo, encorajá-lo a abrir a carteira dela a qualquer hora sem pedir e pegar o que quisesse), atribuía pontos a si mesma. "Era tão bom ser capaz de dizer 'não sou como minha mãe'." E, de fato, ela sempre entregava a David rios de dinheiro.

— • —

Tenho plena certeza de que foi na terceira vez que estive no 340 que conheci David. Eu saía do apartamento no instante em que ele chegou, e Susan nos apresentou rapidamente. Fiquei surpresa quando, um ou dois dias depois, ela me telefonou para pedir que eu voltasse — não na semana seguinte, como planejamos, mas naquela mesma tarde. Eu disse sim, é claro, sem problema. Ela parecia impositiva. Eu não queria decepcioná-la.

Ao chegar lá, Susan, David e o amigo dele que morava com eles estavam na cozinha tomando um café. Sentamos ao redor do balcão por pouco tempo antes que Susan e eu nos dirigíssemos ao quarto para trabalhar. E mal tínhamos começado quando ela levantou as mãos e disse: "Hoje não consigo, não estou disposta. Por que não saímos para comer uma pizza?". Ela se referia a nós quatro, e então nós quatro caminhamos juntos até o V&T, na Amsterdam Avenue.

Não me recordo do que nós — ou *eles*, uma vez que eu, tenho certeza, mal abri a boca — conversamos. Eu estava bem distraída. A verdade é que eu estava péssima. Havia acabado de descobrir que meu namorado, com quem eu morava fazia mais ou menos dois anos, começara a sair com outra. Ele me contou que fora um erro, que queria que ficássemos juntos — havia desistido da outra mulher —, mas eu tinha sérias dúvidas a esse respeito. Em primeiro lugar, eu conhecia a história dele. Ele seguia um padrão: no meio do relacionamento com uma mulher, envolvia-se com outra. Depois de muito ziguezaguear, sempre ficava com a segunda mulher. Então eu não tinha muita esperança em nosso futuro e, além disso, não estava tão certa de ainda querer ficar com ele. Naquela época, tanto ele quanto a nova namorada trabalhavam na *New York Review*, onde o caso era um segredo de polichinelo. Eu não queria que Susan soubesse disso. E o que eu não imaginava é que ela já sabia. Foi por isso que me ligou. E por isso estávamos na pizzaria.

Acontece que, na última vez que estive no 340, depois que Susan me apresentou a David e fui para casa, ele perguntou a ela se eu tinha namorado, e ela respondeu que sim. Mas, quase imediatamente depois, ela soube por um de seus amigos na *Review* que aquele relacionamento provavelmente estava terminado. E encorajou David a me ligar. Ele era tímido. Ela, não.

A situação que se apresentou nas semanas seguintes foi esta: eu me mudei do apartamento onde morava com meu namorado e subloquei um quarto em um apartamento próximo que duas recém-formadas já dividiam. Meu plano era permanecer ali durante o verão e depois encontrar um lugar para morar sozinha. Meu namorado continuou com a outra mulher, que logo foi morar com ele. Comecei a namorar David. Susan começou a namorar Joseph Brodsky.

Joseph Brodsky havia se estabelecido nos Estados Unidos apenas recentemente — ele se tornaria cidadão americano no ano seguinte —, tendo morado em diferentes cidades europeias após ter sido expulso de sua terra natal, a União Soviética, em 1972. Tinha apenas trinta e seis anos e uma vida difícil que incluía um estado quase de inanição durante o cerco alemão de Leningrado e um ano e meio de trabalho agrícola forçado (parte de uma sentença de cinco anos por "parasitismo social", a qual cumpriu em exílio no norte da Rússia antes que fosse comutada); o tabagismo intenso e as doenças cardíacas o envelheceram. Era praticamente careca, faltavam-lhe dentes, tinha uma barriga enorme. Usava as mesmas roupas largas e sujas todos os dias. Mas para Susan ele era intensamente romântico. Esse foi o começo de uma amizade que duraria até a morte dele, em 1996, e naqueles primeiros dias ela estava encantada com ele. Susan fazia parte daquele grupo de literatos estadunidenses para quem escritores europeus eram sempre superiores aos locais e para quem sempre havia algo particularmente exaltado e sedutor em um escritor russo, sobretudo em um poeta russo. Joseph Brodsky veio com elogios de, entre outros, W. H. Auden e Anna Akhmatova. Também foi um herói. Um mártir, até: um escritor feito para sofrer como um criminoso por sua arte. E todos sabiam que ele ia ganhar o Nobel. Susan estava a seus pés. Via lampejos de genialidade em cada comentário dele, nos trocadilhos que tentava fazer ("Muerto Rico") e em suas piadas casuais ("Se você quer ser citado, não cite"). Era condescendente com a pancadaria morosa dele dirigida a Tolstói (ele via Tolstói "de modo algum equiparado a Dostoiévski", como um tipo de Margaret Mitchell erudito que ajudou a preparar o caminho para o realismo socialista) e com seus julgamentos literários estranhíssimos (a escrita de Nabokov era "muito marinada"). Ela podia perdoar suas grosserias (as jovens de Mount Holyoke, onde ele lecionava, eram *mounties* [policiais montadas]; homens gays inclinavam o queixo de um jeito que era "inquirição grega").

"Agora que passei por isso", disse Susan, referindo-se ao câncer de mama (embora na época ainda estivesse sob tratamento), "quero duas coisas: trabalhar e me divertir". Joseph era divertido. Tinha um tipo de risada adorável, de boca fechada, quase gemida, e ele ria muito. Fora vítima de brutalidades, mas continuou com um bom coração. Era ruidoso quanto à sua opinião de que os poetas eram uma raça superior de seres humanos e que ele próprio estava posicionado entre os melhores do mundo, embora não fosse esnobe nem envaidecido. Era generoso e espontaneamente afetuoso, gostava de momentos de diversão — e estes eram melhores quando havia várias pessoas para compartilhá-los — e possuía um senso de humor travesso e pueril. Amava gatos e algumas vezes cumprimentava as pessoas com miados. David tinha carro naquela época, e me lembro de nós quatro rodando por Manhattan, quatro cigarros acesos, o carro lotado de fumaça, e da voz profunda e estrondosa de Joseph e de sua risada engraçada e aguda.

Ele queria escrever ensaios — não em russo, seu idioma nativo, mas no inglês que aprendera sozinho.

(Também começara a escrever uns poemas em inglês.) Colaborava, assim como Susan, para a *New York Review*. Naqueles primeiros ensaios com a revista, Susan viu as habituais marcas de genialidade, mas também deficiências. Ele parecia ansioso para ouvir a opinião dela, mas Susan estava dividida. Queria ser honesta — acreditava que tinha a obrigação de ser honesta —, mas não sabia como ele receberia isso. No final, convenceu-se de que ele não receberia bem. Não poderia criticar, apenas elogiar. Aquilo, porém, pensou na consciência dela. Uma vez tentou me persuadir a ser sua porta-voz ("Seria mais fácil se ele achasse que vem de você"), mas recusei.

No que dizia respeito aos sentimentos *dela*, ele não era tão cuidadoso assim. Certa vez, enquanto tentava explicar por que preferira parar de escrever críticas por completo e produzir apenas ficção (seu lamento crônico), ela disse a ele: "Estou cansada de trabalhar tanto. Quero *cantar*!". Joseph, que lera algumas de suas obras ficcionais, respondeu, repreendendo-a: "Susan, você precisa saber, poucas pessoas têm o dom de cantar". (Por outro lado, lembro que, embora estivesse no estilo realista em que ambos, Joseph e Susan, em geral vilipendiavam, ele elogiou o conto "An Influx of Poets" [Um influxo de poetas], de Jean Stafford, quando foi publicado na *New Yorker*.)

Também repreendia Susan por querer ter tantos livros. A única coisa apropriada a fazer com um livro depois de lido é doá-lo.

"Susan, Susan, espere, sim, cale a boca, por favor, *eu* estou falando!" Ele sempre tinha de ser o centro das atenções, aquele que mais falava, e, ainda que fosse sempre um prazer ouvi-lo, eu muitas vezes ficava contente quando ele dava boa-noite e eu poderia ouvir, sem que ela fosse interrompida, o que Susan tinha a dizer: ela — para mim, pelo menos — era normalmente mais articulada e elucidativa. Havia muitos assuntos — cinema, por exemplo — que conhecia mais que ele.

Será que preciso mencionar o privilégio enorme que foi ter ouvido os dois? Ao olhar para trás, desejo apenas que eu pudesse ter sentido mais alegria — ou, ao menos, que pudesse ter encontrado um jeito de lembrar que não fosse tão doloroso.

> [...] o silêncio é a presença
> de despedidas em nossos cumprimentos quando
> nos tocamos.

Eu havia lido a versão em inglês dos poemas de Joseph publicados em 1973, com prefácio de Auden e dedicados à memória de Auden (ele morrera naquele mesmo ano). O poema que me lembro de ter provocado o maior entusiasmo no 340 foi "Elegy for John Donne" [Elegia a John Donne]. Foi esse verso, do canto dez de "Gorbunov and Gorchakov" [Gorbunov e Gorchakov], que me assombrou. E ainda me assombra.

Naqueles dias, a refeição favorita de Susan e David era sushi (prato que eles me apresentaram), e comer fora com um ou os dois em geral consistia em ir a um de dois restaurantes na Columbus Avenue ou a outro um pouco mais sofisticado em certo hotel no centro.

Com Joseph, no entanto, tinha de ser em Chinatown. Lembro-me dele em uma noite em particular, com um pedaço de pepino-do-mar pendurado em seus hashis, sorrindo para todos ao redor da mesa. "Não somos felizes?", disse ele. Então se virou e beijou Susan.

Naquela noite, momentos depois de o deixarmos na rua Morton, onde morava, ele teve seu primeiro infarto.

Eu passava pouquíssimo tempo no quarto que alugava, mas, perto do final do verão (durante a maior parte do qual Susan estivera longe, em sua segunda casa, em Paris), encontrei um novo apartamento. Ficava em um quarteirão ruim, um dos muitos quarteirões ruins que havia na então metade pobre do Upper West Side. Ainda não havia me mudado com todos os meus pertences quando fui furtada. Os vizinhos informaram que o ladrão era o zelador e que eu não fora sua primeira vítima. Confrontei o zelador, que negou o crime enquanto parecia culpado — e malvado — pra caramba. Reclamei ao proprietário, que não se envolveu. Troque as fechaduras, se está tão desconfiada, ele me falou, de um jeito cansado. O zelador me pareceu não somente desonesto, mas meio psicótico também, entrando despreocupadamente nos apartamentos para roubar inquilinos, deixando uma janela aberta para parecer que o ladrão havia entrado por ela (no caso do meu apartamento, o ladrão precisaria saber voar). Eu estava com medo de morar lá. E, na verdade, nunca morei.

— • —

Por que eu estava indo para um retiro de escritores, afinal? Susan queria saber. Ela mesma nunca estivera em um. Se ela tivesse que se esconder e trabalhar por uma temporada, que fosse para um hotel. Fizera isso umas poucas vezes e adorara, pedindo sanduíches e café ao serviço de quarto e trabalhando fervorosamente. Mas ficar reclusa em um retiro rural lhe soava deprimente. E que tipo de inspiração seria encontrada no campo? Nunca li Platão? (Sócrates a Fedro: "É que, sendo como sou, um apaixonado do saber, nem o campo nem as árvores me ensinam coisa alguma".)

Nunca conheci ninguém que apreciasse mais o belo na arte e na aparência física humana do que Susan — "Sou uma louca pela beleza" era algo que dizia o tempo todo — e, no entanto, nunca conheci ninguém menos tocado pelas belezas da natureza. Para ela, não poderia ser mais óbvio: a arte era superior à natureza, assim como a cidade era superior ao campo. Por que alguém desejaria sair de Manhattan — "a capital do século XX", como adorava dizer — para passar um mês no meio do mato?

Quando eu lhe disse que poderia facilmente me imaginar mudando para o campo, talvez não agora, mas quando ficasse mais velha, ela se espantou. "Isso soa como *aposentadoria*." A palavra em si já a deixava doente.

Por ser onde seus pais moravam, ela às vezes precisava voar para o Havaí. Quando eu disse que era louca para visitar o estado mais bonito do país, ela ficou perplexa. "Mas é completamente entediante." A curiosidade era uma virtude suprema em sua obra, e ela mesma era infinitamente curiosa — mas não em relação ao mundo natural. Ainda que frequentemente falasse com admiração da vista do apartamento, eu nunca soube que tenha atravessado a rua para ir ao Riverside Park.

Uma vez, quando caminhávamos juntas em um campus fora da cidade, um esquilo cruzou correndo nosso caminho e mergulhou em um buraco na base de um carvalho. "Ah, veja só", disse ela. "Como Walt Disney."

Outra vez, mostrei-lhe uma história na qual eu trabalhava em que havia uma libélula. "O que é isso? Algo que você inventou?" Quando passei a descrever a libélula, ela me interrompeu. "Deixa pra lá." Não era importante; era entediante.

Entediante, assim como *servil*, era uma de suas palavras favoritas. Outra era *exemplar*. E *sério* também. "Pode-se dizer quão séria é uma pessoa observando seus livros." Ela se referia não apenas a quais livros estavam na estante, mas à maneira como estavam organizados.

Naquela ocasião, ela possuía seis mil livros aproximadamente, talvez um terço do número que por fim teria. Por causa dela, organizei meus livros por tema e em ordem cronológica, em vez de alfabética. Eu queria ser séria.

"Isso *é* mais difícil para uma mulher", admitiu. Querendo dizer: para ser séria, para se levar a sério, para ser levada a sério. *Ela* deu um basta nisso quando ainda era criança. Deixar o gênero atrapalhar seu caminho? Não na sua vida! Mas a maioria das mulheres era muito tímida. A maioria das mulheres tinha medo de ser assertiva, medo de parecer inteligente demais, ambiciosa demais, confiante demais. Tinha medo de ser deselegante. Não queria ser vista como dura ou fria, autocentrada ou arrogante. Tinha medo de parecer masculina. A regra número um era superar isso tudo.

Eis uma das minhas histórias favoritas de Susan Sontag.

Foi em algum momento dos anos 1960, quando, após ter se tornado autora da Farrar, Straus and Giroux, fora convidada para um jantar na residência dos Straus no Upper East Side. Naquele tempo, era tradição na casa dos Straus que os convidados se separassem após o jantar, os homens se dirigindo a uma sala, as mulheres a outra. Por um instante, Susan ficou intrigada. Então algo lhe ocorreu. Sem dizer nada à anfitriã, saiu de fininho para juntar-se aos homens.

Dorothea Straus relatou alegremente a história anos mais tarde: "E foi isso! Susan rompeu a tradição, e nunca mais nos separamos após o jantar".

Ela certamente não tinha medo de parecer masculina. E era impaciente com outras mulheres por não serem mais como ela. Por não serem capazes de sair da sala das mulheres e se juntar aos homens.

Sempre usava calça (em geral, jeans) e salto baixo (em geral, tênis) e recusava-se a carregar bolsa. O apego das mulheres a bolsas a espantava. Zombava de mim por levar a minha a todo lugar. De onde as mulheres tiraram a ideia de que ficariam perdidas sem uma bolsa? Homens não carregavam bolsas, eu não tinha percebido? Por que as mulheres se *sobrecarregavam*? Por que, em vez disso, não usavam roupas com bolsos suficientemente grandes para guardar chaves, carteira e cigarros, tal qual os homens?

(Ela precisava usar uma saia, no entanto, se quisesse ir ao Festival Richard Wagner, em Bayreuth. Por Wagner, Susan se vestiria como uma dama. E, para ir com aquela saia preta de seda, plissada e longa comprada em Paris, devia vestir meia-calça e calçar sapatos altos. De volta a Nova York, ela, espirituosamente, usou os mesmos trajes no jantar organizado pelos Straus em um restaurante. Ela se arrumou por nós, e concordamos que o efeito ficou bem estranho, até mesmo bizarro.)

Embora sempre recebesse elogios pela aparência, nunca me pareceu vaidosa. Se eu tivesse que apostar, de todos os tantos elogios que recebeu, seu favorito foi o de Pete Hamill: “possuidora do rosto mais inteligente de sua geração”. (Para todos os efeitos, pouco depois que declarou isso — em um discurso no memorial de Robert Lowell, em 1977 —, ela e ele saíram juntos.) Seu próprio juízo a esse respeito era confuso: "Alguns dias, olho no espelho e penso: ei, até que sou bem bonita". Em outros, seu coração se apertava.

"Sempre tive algumas características que todo mundo acha pouco atraentes", disse. Bolsas sob os olhos e tornozelos grossos. Também roía as unhas. Tinha consciência das estrias que a gravidez deixara em seu corpo, e, ainda que a perda de uma das mamas dificilmente parecesse um preço muito alto a pagar pela sobrevivência, não era algo que ela, não mais que qualquer outra mulher, assimilasse com tranquilidade. Ela se recusou, no entanto, a ficar "envergonhada". Levantava a camiseta para mostrar a cicatriz. "Não é incrível? Achei que ficaria medonha, mas na verdade é como uma rasura." Era exatamente isso. Ela não ficava tímida de mostrar o peito para os homens ou para pessoas que acabava de conhecer. Achava que todos deviam estar curiosos e ser capazes de olhar sem vacilar. (Odiava melindres nas pessoas, e me recordo de ela provocar um sujeito durante um jantar por ele empalidecer diante de um prato tailandês que levava orelha de porco. Apontando para um pedaço de carne de porco no prato dele, ela disse: "E qual parte do porco você acha que é essa?".) Ela havia considerado, mas na hora decidiu por não fazê-la, a reconstrução da mama. Quando uma amiga, contudo, expressou apoio à sua decisão, dizendo que, afinal, Susan não era mais uma mulher jovem, ela inflamou-se. "Não quero pensar assim. Que minha vida — minha vida sexual — tenha ficado para trás." (Na realidade, não queria que a idade fosse um fator determinante em nada. Ela se apressou para sair da infância, mas queria viver a vida toda como se estivesse isenta das vicissitudes do envelhecimento.)

Ela me disse: "Eis a grande diferença entre nós duas. Você usa maquiagem e se veste para chamar atenção e ajudar as pessoas a te considerarem atraente. Já eu não faço nada para atrair atenção para a minha aparência. Se alguém desejar, pode se aproximar e talvez descobrir que sou atraente. Mas não farei nada para ajudá-lo". A minha maneira era a feminina típica, a dela, a da maioria dos homens.

Nada de maquiagem, mas, como sabemos, tingia o cabelo. E usava colônia. Colônia masculina: Dior Homme.

E, como a maioria das mulheres, preocupava-se com o peso, o qual flutuava consideravelmente, dependendo de quanto fumava ou quanto escrevia, e, quando era demasiado, em geral significava que estava tomando anfetaminas. Depois dos quarenta, ficava mais vezes acima do peso que abaixo. E, como muitas mulheres, tinha sua dieta da moda: pular seis refeições e perder seis libras [ou quase três quilos]. Não que fosse fácil. Susan adorava comer. (Na verdade, o que provavelmente mais tínhamos em comum era algo constrangedor: um apetite voraz.)

Mas estava feliz com sua altura. Certa vez, em uma conferência sobre feminismo, invejou Germaine Greer. "Era a única mulher na sala mais alta que eu." (O artista Saul Steinberg uma vez insistiu estranhamente que Susan não era de fato uma pessoa alta como o filho, mas duas pessoas baixas, uma em cima da outra.) Mas em geral os atributos físicos de outras mulheres não inspiravam inveja em Susan.

Nunca se exercitava — nunca esteve em forma na vida —, mas, contanto que o clima estivesse quente e ela estivesse em uma cidade, gostava de andar. Tinha uma passada vagarosa, fraca, de pés chatos; não era graciosa, mas também não era pouco atraente. Ao caminhar, mantinha o queixo elevado e com frequência prendia os polegares no cós ou nos bolsos da calça jeans.

Usava muita roupa preta, ainda que essa não fosse a cor que a favorecia. Com sua pele oliva, ficava melhor quando vestia branco, rosa e azul. Eu achava que ela devia usar cores que suavizassem sua aparência. Não entendia por que precisava parecer tão durona. Às vezes, lembrava uma daquelas inspetoras prisionais.

Ela me contou que teve de ser ensinada a se vestir. Chegara à idade adulta sem saber nada sobre roupas ou estilo. "Eu era a Miss Dowdy. Achava que poliéster estava ótimo."

Muitas vezes balançava ou agitava o cabelo, e penteá-lo com os dedos de uma das mãos para tirá-lo do rosto era um de seus gestos característicos. Assim que apareceu, não gostei da mecha branca, a qual me pareceu tudo, menos natural.

— • —

Muito foi feito — não somente pela própria Susan — de sua "mórbida" (palavra dela) obsessão pela beleza. Mas é importante que seja dito que seu gosto pela beleza física, assim como pela maioria das outras coisas, era bem abrangente. Ela via beleza em todos os tipos e em muitos homens e mulheres em que outras pessoas não encontravam nada de excepcional. Se alguém tivesse ao menos um traço marcante — um corpo bonito, por exemplo, ou olhos azuis —, era "lindo de morrer". Como levar em conta, por exemplo, seu relato sobre as pessoas que observara no Vietnã do Norte, onde "todos pareciam artistas de cinema"? Encarei isso como parte do seu costume de exagerar: toda obra de arte de que gostava era uma obra-prima, todo artista que a emocionava era um gênio, todo homem ou mulher que agia corajosamente era um herói ou uma heroína, e em cada esquina havia um Adônis ou uma Helena.

Algumas vezes, lamentava o domínio que a aparência de uma pessoa podia exercer sobre ela. No caso de uma ex-amante, a qual Susan passou a abominar da maneira que só é possível abominar aqueles que já foram adorados, declarou que havia apenas uma razão para a mulher continuar fazendo-a sofrer toda vez que a via. "Se ela andasse por aí com um saco de papel na cabeça, estaria tudo bem." Quando os outros não conseguiam ver a temida beleza nessa mulher em particular, Susan achava que deviam estar cegos.

Suscetível é a palavra que me vem. Ela era suscetível. "Se sou íntima de alguém, mesmo que seja apenas um amigo ou uma amiga, sempre sinto atração sexual por essa pessoa." Com frequência acabava indo para a cama com amigos e amigas.

Embora sempre reverenciasse a obra de Elizabeth Hardwick, achava que ela era outra mulher acorrentada pela feminilidade ("Sempre, em toda a minha vida, procurei pela ajuda de um homem", escreveu certa vez Hardwick), nesse caso, uma marca particularmente pungente do sul dos Estados Unidos. (Por sua vez, Hardwick, quando mencionei Susan em uma conversa que tive com ela sobre mulheres escritoras, me disse: "Ela não é de fato uma mulher".)

Susan considerava Virginia Woolf um gênio, mas mantê-la acima de todos os outros ídolos literários, como eu então a mantinha, lhe parecia algo mirim, previsível. Além disso, algo sobre Woolf — algo que penso que tinha a ver com as doenças (as deficiências, em outras palavras) físicas e mentais de Woolf — deixava Susan nauseada. O primeiro volume das cartas de Woolf tinha sido publicado havia pouco, e Susan disse que não poderia lê-las. Protelara a leitura em razão das muitas cartas íntimas para a amada amiga mais velha de Woolf, Violet Dickinson, das tolas palavras de ternura e das conversinhas de menina e do hábito de Woolf de se apresentar como um pequeno animal fofo. Susan odiava linguagem infantil de qualquer tipo e sempre se vangloriou de nunca ter falado como bebê com o filho pequeno.

No meu aniversário, porém, me presenteou com uma edição fac-similar contendo os dois rascunhos manuscritos de *As ondas*.

Desconfiava de mulheres que reclamavam da menstruação. Ela mesma sempre encarava com calma seus períodos e achava que muitas mulheres exageravam as inconveniências e os desconfortos dos delas. Ou estavam se convencendo dos antigos mitos sobre a fragilidade e a vulnerabilidade do corpo feminino. Na verdade, desconfiava que muitas pessoas exageravam ou reagiam de maneira excessiva tanto a dores físicas como a emocionais, atitude que sem dúvida se devia ao fato de ter tido câncer e suportado estoicamente a cirurgia radical e a quimioterapia. Em relação a mim, o diagnóstico era simples: "Você é neurastênica". A namorada anterior de David sofria de dismenorreia severa, e Susan começou a se preocupar. "Não quero que David pense que todas as mulheres são assim."

Um dia, antes de sairmos de casa, Susan me viu guardando alguns absorventes internos na bolsa, e aquilo a irritou. Usar bolsa já era ruim o suficiente, e agora:

"Vamos sair por duas horas, você não precisa de todos esses absorventes!". (Ela também não entendia por que alguém precisava de tantas roupas íntimas. Eu devia aprender com ela: tenha apenas uma ou duas e lave a que usou durante o dia todas as noites antes de se deitar.)

Ao me ver encolhida no colo do filho, ela me fitou com um olhar frio do tipo "você não me engana" e balbuciou, ironicamente: "A pequena menina e seu *grande homem*".

Era feminista, mas frequentemente criticava suas irmãs feministas e boa parte da retórica do feminismo por serem ingênuas, sentimentais e anti-intelectuais. E podia ser hostil com aquelas que se queixavam de ser sub-representadas nas artes ou banidas do cânone, lembrando-as urgentemente que o cânone (ou a arte, ou o gênio, ou o talento, ou a literatura) não era um empregador que oferece oportunidades iguais.

Era uma feminista que considerava carente a maioria das mulheres. Havia um amigo que ela via com regularidade, um homem brilhante que adorava ouvir falar e com o qual, embora fosse casado, em geral se encontrava sozinha. As vezes que a esposa o acompanhava, no entanto, eram inevitavelmente decepcionantes. Com a esposa ao lado, queixava-se Susan, a fala daquele homem brilhante e intelectualmente estimulante tornava-se, de alguma maneira, entediante.

Exasperava-se ao perceber que a companhia de mulheres até mesmo muito inteligentes não era, em geral, tão interessante quanto a de homens inteligentes.

— • —

Naquele outono, pouco depois de eu me mudar para o 340, e um ano após ela ter sido diagnosticada com câncer, Susan retornou ao hospital. Algo havia aparecido em um dos exames aos quais se submetia rotineiramente, junto com a quimioterapia, e seus médicos ficaram preocupados. Para descobrir mais, era preciso operá-la. Embora no final não tenha passado de um susto, aquilo arremessou Susan e a todos a seu redor em uma turbulência.

Nicole Stéphane, a mulher com quem Susan esteve romanticamente envolvida por vários anos e com quem dividia um apartamento em Paris, voou para Nova York. Chegou alguns dias antes da cirurgia e permaneceu por cerca de uma semana após a alta de Susan.

Eu estava animada para conhecer Nicole. Era grande fã de *As crianças terríveis*, o filme de Jean-Pierre Melville de 1950 que ela estrelou quando tinha vinte e poucos anos — um desempenho hipnotizante muito aplaudido. Mas, logo depois de fazer o filme, ela desistiu de atuar — em parte por causa de um grave acidente de carro, mas também, de acordo com Susan, porque, embora extremamente talentosa, não tinha o temperamento certo para ser uma estrela de cinema. Susan logicamente a admirava por ter conseguido se afastar da fama — e mais ainda por outra coisa: durante a Segunda Guerra Mundial, Nicole, embora pouco mais que uma garota na época, fizera parte da Resistência.

Em vez de continuar atuando em filmes, Nicole os produzia, incluindo o documentário de Susan, *Promised Lands* [Terras prometidas], ambientado em Israel no final da Guerra do Yom Kippur, em 1973. Quando conheci Nicole, ela estava envolvida em um esforço bizantino para produzir uma versão cinematográfica de *Em busca do tempo perdido*, de Proust, um projeto que parecia amaldiçoado e com o qual lutaria nos anos seguintes.

Nicole era dez anos mais velha que Susan, e sua afeição tinha um forte aspecto maternal. Via como um dever seu cuidar de Susan, o qual parecia se resumir sobretudo a alimentá-la. Na verdade, sempre que vinha a Nova York, passava a maior parte do tempo comprando ingredientes (ela gostava do Zabar's e, do outro lado da cidade, do açougue Lobel's, no Upper East Side) e preparando refeições deliciosas. Mas parecia que nada disso poderia ser cumprido sem drama. Com frequência, quando estava ocupada na cozinha, podia ser ouvida resmungando e xingando em francês e batendo os utensílios. Entre outras frustrações, as cozinhas do Upper West Side eram infestadas de baratas naquela época. Porém, naquela visita em particular, as coisas que poderiam ofender Nicole não tinham fim, e pelo menos uma vez ao dia ela chorava ou tinha um acesso de raiva, ou ambos.

Como boa atriz que era, convenceu-me de que estava encantada em me conhecer e muito feliz em me receber na família, embora não fosse assim. Sua história com David era conturbada, e ela sempre ficou do lado de Susan nos tantos conflitos entre mãe e filho. Agora a repugnava — ainda que não a surpreendesse — o fato de que ele tivesse arrumado uma namorada que nem sabia fazer um ovo cozido. Ela entendeu mal uma observação que alguém deixou escapar (o inglês de Nicole era fraco) e então não pôde evitar de se convencer da ideia de que eu estava tomando algum tipo de pílula anticoncepcional superperigosa (na verdade, eu não tomava pílula alguma) que poderia resultar em, algum dia, eu dar à luz uma aberração. Em outras palavras, eu era tão imprudente quanto incompetente. E a maneira como eu me *pendurava* em David, até mesmo em público. Como uma prostituta. Isso o tornava preguiçoso, disse ela.

Todas essas acusações contra mim — e mais —, ela expressava para outras pessoas próximas à casa, que repetiram suas palavras para mim, como ela provavelmente sabia que fariam, enquanto na minha frente permanecia... encantada.

Às vezes, ela pegava uma caneta preta e escrevia “Somente da Susan!” em vários itens na geladeira.

Quando estava longe de Susan, preocupava-se com ela, sobretudo com o que comia. (Mesmo antes de Susan ficar doente, Nicole era conhecida por telefonar de Paris para a mercearia mais próxima e encomendar mantimentos que deviam ser entregues na porta de Susan.) Como ela poderia relaxar sabendo que Susan estava nas mãos de um par de egoístas imprestáveis, como David e eu?

Era verdade que, assim que Nicole fosse embora, voltaríamos ao hábito de comer fora ou pedir comida o tempo todo. Não me lembro de nenhum preparo de verdade sendo feito no 340, a não ser os de Nicole ou outro visitante. Nem por diversão, nem mesmo nas férias. Se houvesse uma visita, seria oferecida a ela uma xícara de Café Bustelo (jamais alguma bebida alcoólica) ou poderia ser convidada a se juntar a nós para um jantar congelado ou uma cumbuca de sopa enlatada. David era viciado em *junk food* e podia passar o dia inteiro comendo nada além de batatas chips. Até começar a se preocupar com os carcinógenos dos nitratos, Susan tinha o hábito de fazer de um pacote de bacon sua refeição. De vez em quando, um de nós jogava algumas costeletas de cordeiro ou asas de frango em uma frigideira e as cozinhava até não poder mais. Uma vez comprei lombo suíno no supermercado, e Susan me mostrou como se cozinhava à moda cubana, como sua ex-namorada, a dramaturga cubana Maria Irene Fornés, preparava, com lascas de alho encaixadas nos cortes da carne.

Lembro-me de um dia, logo depois que me mudei para o apartamento, nós três sentados, famintos, sentindo uma preguiça terrível e nos perguntando o que diabos poderíamos comer. Ofereci-me para comprar atum enlatado e pão e fazer uns sanduíches, que comeríamos com batatas chips. Susan e David trocaram um olhar. "Tão gói?", disse Susan. Então, em vez disso, fui buscar comida para nós no restaurante cubano-chinês na rua 109 com a Broadway.

Como Susan continuou tentando me assegurar, o mau humor de Nicole durante sua visita não era culpa minha. Na verdade, o relacionamento delas, sempre repleto de conflitos, foi se desfazendo lenta e confusamente. Naquele verão em Paris, elas brigaram sem parar. Continuariam amigas (Nicole sobreviveria a Susan por menos de três anos, morrendo aos oitenta e três, em 2007), mas a vida que compartilhavam como casal estava chegando ao fim.

Não muito depois da visita de Nicole, a mulher que fora amante de Susan antes dela, uma italiana chamada Carlotta, que morava em Roma, veio para ficar. Ela e eu não tivemos problemas em nos dar bem, e, embora fosse descontraída em comparação a Nicole, Carlotta era propensa a depressões que a deixavam quase catatônica e afastaram Susan.

Na verdade, apesar de ter se libertado havia pouco de relacionamentos ruins, a própria Susan estava deprimida. Por um lado, é claro que era algo muito positivo que tanto Nicole quanto Carlotta tivessem percorrido um longo caminho para estarem ao lado de Susan em um momento de necessidade. Por outro, dificilmente levantava o ânimo ser lembrado de relacionamentos que começaram com romance e paixão, mas estavam mortos. Susan estava sozinha e não queria ficar sozinha. Queria estar apaixonada. (Ela acreditava no amor e, quando se apaixonava, se apaixonava *pra valer*, e em seus sentimentos havia um elemento de terror.) Ela queria se casar. O fato de nenhum relacionamento dela ter durado, não importava quão profunda e verdadeiramente ela se interessasse pelo outro, a atormentaria por toda a vida. O romance com Joseph Brodsky durou pouco, e ele não a desapontou levemente. Na verdade, tinha sido mau. ("Homens mesquinhos e inteligentes e mulheres tolas", disse ela certa vez, "parecem ser meu destino".) Embora ela sempre tivesse muito a lamentar em relação ao casamento com Philip Rieff, com o passar do tempo começou a relembrar com nostalgia a proximidade entre ambos: ele odiava tanto ficar separado dela que a seguia até o banheiro. "Ele não conseguia interromper a conversa nem para me deixar fazer xixi." E eles pareciam nunca ficar sem conversar. Era esse tipo de intimidade que ela ansiava e temia nunca mais ter. Estava trabalhando — sobretudo nos dois últimos ensaios da coletânea sobre fotografia que começara a escrever em 1973 —, mas não se divertia.

— • —

Ao longo dos anos, conheci ou soube existir um número surpreendente de pessoas que disseram ter sido a leitura de Susan Sontag na juventude que as fez querer ser escritoras. Ainda que isso não tenha acontecido comigo, a influência dela em como penso e escrevo foi profunda. Quando a conheci, eu já havia terminado minha formação acadêmica, mas fora, na maior parte do tempo, uma estudante indiferente e altamente distraída, e as lacunas em meu conhecimento eram enormes. Embora ela não tivesse crescido em Nova York, era muito mais nova-iorquina que eu, que sempre morei ali, e não poderia haver guia melhor para a vida cultural da cidade do que ela. Não é de admirar que considero tê-la conhecido um dos maiores golpes de sorte da minha vida. É bastante provável que, com o tempo, eu descobrisse sozinha escritores como John Berger, Walter Benjamin, Emil Cioran e Simone Weil. Mas a verdade é que os conheci por causa dela. Mesmo que eu tenha certeza de que muitas vezes ela ficava consternada ao descobrir o que eu não havia lido, quanto eu não sabia, Susan não fazia com que me sentisse envergonhada. Entre outras coisas, entendia como era vir de um lugar onde havia poucos livros e nenhuma efervescência ou orientação intelectual. "Você e eu não tivemos aquilo que foi garantido a David desde o nascimento."

Depois que publiquei um ensaio memorial no qual escrevi que Susan não era esnobe, ouvi algumas reações indignadas: todo mundo sabia que ela era uma *tremenda* esnobe! O que eu quis dizer é que ela não acreditava que faltasse a uma pessoa qualquer qualidade digna simplesmente em razão de suas origens, por mais simplórias ou carentes que fossem; ela não era esnobe em relação à classe social. Era o tipo de pessoa que reparava que a jovem sem instrução que limpou sua casa por um tempo tinha "bons modos naturalmente aristocráticos". Por outro lado, nunca fingiu que o sucesso de uma pessoa não dependia — e também de maneira considerável — do fato de ser bem relacionada (a respeito de uma mulher que lhe pediu uma carta de recomendação para certa bolsa de estudo, Susan disse: "Ela nunca vai conseguir a bolsa — não porque seu trabalho não seja bom o suficiente, mas por simplesmente não conhecer as pessoas certas") nem que não soubesse o que Pascal quis dizer quando afirmou que ser bem-nascido pode poupar trinta anos na vida de um homem.

De fato, as maneiras dos bem-nascidos (um número significativo deles sempre perseguia Susan) eram uma fonte inesgotável de fascínio para ela. Certa vez, voltou de um jantar com a seguinte história: uma das convidadas, uma mulher de família rica e conhecida, adormecera e, enquanto os outros tomavam café, sentou-se com a cabeça jogada para trás e a boca aberta, roncando. Susan contou essa história em tom de reverência. "Ora, isso é garantia de classe." E havia outra história impressionante, esta sobre o jovem patrocinador de uma produção teatral que convidou a ela e a um grupo grande para ir a um restaurante tomar uns drinques após uma pré-estreia. Quando o maître disse que não poderiam ocupar uma mesa se fossem consumir somente bebidas, o jovem disse a ele: "Não há problema. Basta trazer nossas bebidas e você poderá nos cobrar pelo jantar". (Significando, claro, que poderia cobrar a *ele*.) Certa vez, em um aeroporto, maravilhada com a pele bonita de um homem sentado perto dela, Susan fez uma aposta consigo mesma. E, é claro, mais tarde ela relatou, ao chegar o momento do embarque, o homem se dirigiu à primeira classe.

Esse tipo de observação era feito muito comumente por ela, mas não a tornava esnobe. Não havia como se importar menos com o fato de uma pessoa vir de uma família "boa" ou "má"; ela sabia que a distinção era capciosa. Fosse a pessoa de onde fosse, o que realmente lhe importava era quão inteligente era — pois, nem é preciso dizer, Susan *era* uma elitista. E, se a pessoa tivesse bom gosto e fosse intelectualmente curiosa, nem precisava ser tão inteligente. E, se fosse linda, não precisava ser nem um pouco inteligente. E, embora pudesse ficar bastante irritada com um vendedor de livraria que não reconhecesse seu nome, tudo bem quando uma bailarina do New York City Ballet a quem fora apresentada lhe perguntou: "E o que *você* faz?". (Susan quem?)

As lacunas em meu conhecimento não a surpreenderam. Sua opinião sobre a educação estadunidense e sobre a cultura de seu país em geral era negativa, e achava que eu poderia aprender mais em um ano no 340 do que em seis anos em uma universidade nos Estados Unidos. Era uma mentora natural. Não tinha exatamente o que se chamaria de *protégés* (exceto, suponho, David), mas ninguém poderia viver com Susan ou passar algum tempo significativo com ela sem ser orientado. Até mesmo alguém que a visse apenas uma vez provavelmente sairia com uma lista de leitura. Era naturalmente didática e moralista; queria ser uma influência, um modelo, alguém *exemplar*. Queria aperfeiçoar a mente das pessoas, refinar o gosto delas, contar coisas que não sabiam (em alguns casos, coisas que nem queriam saber, mas que ela insistia que, oras, deveriam). Mas, se educar pessoas era uma obrigação, também era bastante divertido. Ela era o oposto do cômico "pensador possessivo" de Thomas Bernhard, que se alimenta da fantasia de que todo livro, pintura ou peça musical que ama foi criado exclusivamente para ele e pertence exclusivamente a ele e cujo "egoísmo artístico" torna intolerável o pensamento de qualquer outra pessoa que gosta ou aprecia as obras do gênio que ele reverencia. Ela queria que suas paixões fossem compartilhadas por todos, e reagir com igual intensidade a qualquer obra que amasse era fornecer a ela um de seus maiores prazeres.

Alguns de seus entusiasmos me deixavam perplexa. Enquanto estávamos sentadas no cinema, dividindo uma barra de chocolate gigante, eu ficava me perguntando por que ela queria ver uma sessão dupla de filmes antigos de Katharine Hepburn, os quais ela disse já ter visto mais de vinte vezes. É claro que ela ficava *inebriada* (outra palavra favorita) com idas ao cinema — talvez de maneira que somente alguém que nunca vê televisão possa ficar. (Sabemos isto agora: se um tamanho de tela não viciar você, outro o fará.) Íamos ao cinema o tempo todo. Ozu, Kurosawa, Godard, Bresson, Resnais — cada um desses nomes está ligado ao dela em minha mente. Foi com ela que aprendi quanto um filme é mais emocionante se assistido de uma poltrona perto da tela. Por causa dela, ainda me sento sempre na frente do cinema, ainda resisto a ver qualquer filme na televisão e nunca consegui alugar filmes em vídeo ou DVD.

Entre os escritores estadunidenses vivos, ela admirava, além de Hardwick, Donald Barthelme, William Gass, Leonard Michaels, Joan Didion, Grace Paley. Mas não via mais utilidade na maior parte da ficção norte-americana contemporânea (a qual, conforme ela lamentou, geralmente se enquadrava em duas categorias superficiais: realismo suburbano ultrapassado ou "niilismo da Bloomingdale's") em relação à maioria dos filmes estadunidenses contemporâneos. Em sua opinião, o último romance estadunidense de primeira linha havia sido *Luz em agosto*, de William Faulkner (escritor que ela respeitava, mas não amava). É claro que Philip Roth e John Updike eram bons escritores, mas ela não conseguia demonstrar entusiasmo algum pelos assuntos sobre os quais escreviam. Mais tarde, não consideraria a influência de Raymond Carver na ficção norte-americana algo para comemorar. Não que fosse contra o minimalismo, disse; ela simplesmente não conseguia se emocionar com um escritor "que escreve da mesma maneira como fala".

Em vez disso, o que a emocionava era o trabalho de certos europeus, como Italo Calvino, Bohumil Hrabal, Peter Handke, Stanislaw Lem. Eles, ao lado de escritores latino-americanos como Jorge Luis Borges e Julio Cortázar, estavam criando obras bem mais ousadas e originais que seus menos ambiciosos pares estadunidenses. Gostava de descrever todas as formas — ou gêneros — mistas de escrita altamente inventivas como ficção científica, em contraste com o banal realismo norte-americano contemporâneo. Era a esse tipo de literatura que pensava que um escritor deveria aspirar, e ao qual ela aspirava, e acreditava que continuaria a ter importância.

Não consigo me lembrar de um único livro que ela tenha recomendado que eu não tenha gostado de ler. Em uma das últimas vezes que a vi, foi sobre *Os emigrantes*, de W. G. Sebald, que ela falou sem parar. *Os emigrantes* se tornaria um dos meus livros favoritos, e Sebald, uma influência importante — e, mais uma vez, conheci sua obra por intermédio dela.

Eu teria lido qualquer coisa que ela me dissesse para ler. Quando se tratava de escrever, porém, a questão era diferente.

Levei semanas criando coragem para lhe mostrar qualquer um dos meus trabalhos, embora ela, à sua maneira típica, continuasse insistindo. ("Estou morrendo de curiosidade!") O conto que por fim lhe entreguei não era um conto, mas o tipo de coisa que Flannery O'Connor (outra grande escritora estadunidense que Susan não amava) tinha em mente quando se queixou de que escritores de ficção iniciantes "preocupam-se primordialmente com ideias e emoções não concretizadas". Susan notou imediatamente o problema. "Você precisa de um agone", disse ela. E então, é claro, teve de me explicar o que isso significava.

Em outras ocasiões me alertou contra ser muito explícita e disse que eu deveria tentar escrever de maneira mais elíptica e agilizar a prosa para fazê-la se mover em um ritmo mais rápido. ("Se há uma coisa que o modernismo nos ensinou é que a velocidade é tudo.") Descrever uma noite como abafada, ela me disse, era tão ruim quanto descrever alguém como tendo distintos cabelos grisalhos.

Tirando isso, no entanto, lembro-me de que muito pouco do que ela disse sobre qualquer coisa que lhe mostrei me foi útil. A maior parte do problema estava comigo: eu era como muitos dos alunos que viria a ter. Não é crítica o que muitos jovens escritores querem, apenas elogios, muito obrigado. E Susan ofereceu, sim, elogios; na verdade, foi generosa demais. ("Estou tão aliviada", confessou, depois de ler meu trabalho pela primeira vez. E pode-se dizer que de fato estava.

Ela havia lecionado em um curso de escrita e sabia que ter um mestrado na área não significava necessariamente poder escrever uma frase.) Mas, por eu não gostar da sua ficção — por ver tão pouco para admirar em seu uso da linguagem, em seu estilo —, não confiava no que tinha a dizer sobre escrita.

"Outros escritores tentam não usar a mesma palavra duas vezes em um parágrafo. Não gosto de usar a mesma palavra duas vezes na mesma *página*." Era um motivo de orgulho — como sua frase muito repetida, "Eu me preocupo com cada vírgula". Mas um escritor mais confiante não teria sido tão rigoroso quanto a isso, pensei. Um escritor mais confiante não seria tão viciado no tesauro quanto ela. Com frequência, ela também dependia, enquanto escrevia, de um amigo, alguém que sentasse e trabalhasse com ela durante as longas horas que levava para lapidar um rascunho. Às vezes, essa pessoa se mudava para o apartamento dela por vários dias, e as duas trabalhavam juntas no quarto de Susan, discutindo cada ideia, repassando cada linha, cada vírgula. Nunca conheci nenhum outro escritor que trabalhasse assim, embora o arranjo obviamente tenha ajudado Susan a prosperar, e ela disse que sempre ficava muito mais feliz trabalhando com outra pessoa do que sozinha. Aliás, odiava fazer qualquer coisa sozinha, e, se a solidão fosse uma necessidade na vida de um escritor, ela encontraria, dentro do possível, maneiras de contorná-la. Além disso, ao contrário da maioria dos escritores que conheci, ela gostava de fazer circular seu trabalho enquanto estava em diversos estágios, mostrando vários rascunhos para David, para mim e muitos outros leitores. Certa vez, quando fui buscá-la em sua casa (em uma época em que David e eu não estávamos mais juntos), assim que cheguei ela me entregou um rascunho de "Aids e suas metáforas". Queria que eu lesse todas as cem páginas ali mesmo; o jantar poderia esperar.

Em uma página manuscrita minha, ela circulou a palavra *apressado*. "Pense nisso. As pessoas *de fato* se apressam? Ou é apenas um jeito de falar? Elas não preferem mesmo acelerar? Eu mudaria para 'acelerado'."

Não aceitei essa sugestão.

Na realidade, rejeitei a maior parte de suas sugestões, e isso a magoou. Devo ter parecido arrogante, desrespeitosa (assim me parece agora, e também tola). E ela não esqueceu. Anos depois, me pedia para lhe entregar meu trabalho para ler e, quando eu o fazia, o ignorava. Por consequência, ainda que continuasse me pedindo, parei de lhe entregar qualquer parte do meu trabalho, e, depois de um tempo, ela parou de pedir. Da última vez que lhe entreguei algo (um rascunho do capítulo de abertura do que se tornaria meu primeiro livro publicado), passaram-se meses, e não obtive resposta. Por fim, enquanto jantávamos juntas uma noite, perguntei se já havia lido o capítulo. "Claro que já", disse, irritada, como se eu a tivesse insultado. "Eu li imediatamente." E não disse mais nada sobre isso.

Quando comecei a submeter meus contos a revistas literárias, ela comportou-se como se o fato de terem sido rejeitados fosse culpa minha. "Você precisa tanto ser publicada", disse, em um tom que só poderia me desmoralizar. E uma vez, na frente de várias pessoas, falou: "Todo mundo publica suas porcarias. Por que você não publica as suas também?".

Muitos anos depois, meu coração parou de bater quando me contaram que ela estava na plateia para uma leitura que eu estava prestes a fazer. Não era a mim que ela viera ouvir (não nos víamos, exceto de passagem, havia quase uma década), mas a outros dois escritores convidados daquela noite, seus amigos Elizabeth Hardwick e Darryl Pinckney. Na recepção após a leitura, ela me disse apenas, sem nenhuma expressão: "Você lê muito bem".

Não muito tempo depois dessa leitura, entretanto, eu estava sentada no meu escritório no Smith College, onde era professora visitante, quando o telefone tocou. Era Susan. Eu não poderia ter ficado mais surpresa. Parecia que ela havia acabado de saber que eu recebera o Rome Prize daquele ano da Academia Americana de Artes e Letras. "Você deve estar tão animada", disse. De fato, eu quase explodia de felicidade sempre que pensava no meu ano de residência, que teria início no outono, na Academia Americana em Roma.

"Sabe, me ofereceram esse prêmio uma vez", disse. (Eu não sabia disso.) "Mas não pude aceitá-lo àquela altura. Pensei que voltariam a me oferecê-lo um dia, mas nunca o fizeram." Algo na maneira como disse isso me fez engolir em seco. Eu estava tentando pensar no que dizer quando ela me perguntou se eu havia lido *Na América*, seu quarto romance, então publicado recentemente. Eu não tinha — ou melhor, lera apenas excertos dele, em duas revistas literárias diferentes. Mas eu disse simplesmente: "Ainda não". Comecei a dizer algo mais, mas ela me interrompeu. "Olha, eu não liguei para conversarmos. Só liguei para lhe dar os parabéns." E depois ela se apressou, ou *acelerou*, para desligar o telefone.

Era uma mentora natural... que odiava ensinar. Ensine o mínimo possível, disse. Melhor não ensinar: "Vi os melhores escritores da minha geração serem destruídos pelo ofício de ensinar". Dizia que a vida do escritor e a vida do acadêmico estariam sempre em desacordo. Gostava de se referir a si mesma como uma acadêmica autodestituída. Orgulhava-se ainda mais de se considerar autoconcebida. Nunca tive um mentor, disse. Embora deva ter aprendido algo com o professor universitário com o qual se casou com apenas dezessete anos. E teve outros docentes, entre eles Leo Strauss e Kenneth Burke, dos quais se lembrava como professores extraordinários e a quem não parava de elogiar. Mas, por mais que esses homens pudessem tê-la inspirado, ela mesma não era uma grande professora.

Assim como vários outros escritores, comparava o ato de lecionar com o fracasso. (Na Columbia, tive aula com Richard Yates — um emprego no qual ele aparecia toda semana com o rabo entre as pernas — e me lembro de ouvi-lo resmungando: "Norman Mailer não precisa lecionar".) Além disso, Susan nunca quis ser funcionária de ninguém. A pior parte de lecionar era que consistia, inescapavelmente, em um emprego, e aceitar qualquer emprego era humilhante para ela. Também achava humilhante a ideia de pegar um livro emprestado da biblioteca em vez de comprar seu próprio exemplar. Usar transporte público em vez de táxi era profundamente humilhante. "Quando me mudei para Nova York" — aos vinte e seis anos, em 1959 —, "prometi a mim mesma que, por mais pobre que fosse, nunca faria isso"; nunca se *rebaixaria* a isso, dizia seu tom. Divaísmo? Ela parecia pensar que qualquer pessoa com amor-próprio a entenderia e se sentiria como ela.

Quando a acompanhávamos a qualquer lugar, assim que chegávamos à rua ela caminhava imediatamente para o meio-fio, o braço levantado. Naquela época, nos dias frios, Susan normalmente usava um sobretudo verde. (Pelo que me lembro, Nicole tinha um igual.) Estava descosturado debaixo de um dos braços, e ela nunca chegou a consertá-lo. E este era o único momento em que o buraco aparecia: quando ela chamava um táxi.

Eu achava estranho que houvesse uma parte de sua vida — o período em que lecionara, tanto antes como depois de conhecê-la — sobre a qual nunca falava.

Sobre o tempo em que foi estudante, contava muito. Na verdade, nunca conheci alguém que narrasse com tanta reverência os próprios dias de estudante. Dava-lhe um brilho especial falar daquela época, levando-me a pensar que deve ter sido a mais feliz de sua vida. Disse que o famoso e rigoroso curso de Robert Maynard Hutchins, Great Books of the Western World [Os grandes livros do mundo ocidental], da Universidade de Chicago, onde obteve o bacharelado, fez dela a mente que era; foi lá que aprendeu, se não a escrever, a ler atentamente e a pensar criticamente. Ainda guardava os cadernos daquela fase. E sempre se comprazia em comprar coisas como cadernos, canetas e lápis, papel de datilografar e os blocos de notas que usava para fazer rascunhos à mão.

Agora me ocorre que pelo menos parte de sua resistência a lecionar podia ter a ver com sua paixão por ser aluna. Ela teve os hábitos e a aura de uma estudante durante toda a vida. Também foi, exceto fisicamente, sempre jovem. As pessoas próximas com frequência a comparavam a uma criança (sua incapacidade de ficar sozinha; sua habilidade inesgotável de se maravilhar; seu lado forte e adorador de heróis e sua necessidade de idolatrar aqueles em que se inspirava; o fato de não ter seguro-saúde na casa dos quarenta anos, quando teve câncer, embora naquela época seguro-saúde fosse bastante acessível). David e eu brincávamos que ela era nossa *enfant terrible*. (Certa vez, quando se esforçava para concluir um ensaio, brava por não estarmos dando apoio suficiente, ela disse: "Se vocês não fizerem isso por mim, ao menos façam pela cultura ocidental".) A imagem permanente que tenho dela se encaixa perfeitamente na de uma estudante, daquelas fanáticas: ficar acordada a noite toda cercada por pilhas de livros e papéis, acelerada, fumando um cigarro atrás do outro, lendo, fazendo anotações, martelando a máquina de escrever, motivada, competitiva. Para escrever aquele trabalho que receberia a nota máxima. Para ser a melhor da classe.

Até mesmo seu apartamento — estritamente antiburguês, assumidamente *ungemütlich* — evocava a vida estudantil. A principal característica dele era o crescente número de livros, ainda que em sua maioria fossem brochuras, e as prateleiras de pinho barato. Para combinar com a ausência de móveis, faltavam objetos de decoração, não havia cortinas nem tapetes, e a cozinha contava apenas com o básico; um cômodo de menos de dois metros quadrados ocupado por um freezer antigo que não funcionava havia anos. Um alicate ficava em cima do aparelho de TV — para mudar os canais, já que o botão para tal finalidade estava quebrado. As pessoas que visitavam o apartamento pela primeira vez ficavam claramente surpresas ao encontrar a célebre escritora de meia-idade vivendo como universitária.

(Tudo muda. Aos cinquenta e poucos anos, ela diria: "Percebi que estava trabalhando tão duro quanto todos os que eu conhecia, se não mais, e ganhando menos que qualquer um deles". E então transformou essa parte da vida. Mas a época de que estou falando foi antes — antes da grande cobertura em Chelsea, da enorme biblioteca, das edições raras, da coleção de arte, das roupas de grife, da casa de campo, da assistente pessoal, da arrumadeira, do *chef* particular. E um dia, quando eu tinha mais ou menos a mesma idade que Susan quando nos conhecemos, ela balançou a cabeça para mim e disse: "O que você está planejando fazer, viver como uma universitária pelo resto da vida?".)

Sempre que alguma universidade lhe fazia uma oferta que sabia que *não deveria* recusar, ficava arrasada. Muitas vezes recusava, mesmo precisando de dinheiro, e então parabenizava a si mesma. Impressionava-se com aqueles que ganhavam bem mais que ela com a escrita e ainda assim eram tentados pela estabilidade da docência universitária. Indignava-se ao ouvir outros escritores reclamarem, como muitos costumavam fazer, sobre como o ofício de lecionar os tornava infelizes porque interferia em sua escrita. Ela em geral desprezava as pessoas que não faziam o que queriam verdadeiramente fazer. Acreditava que a maioria das pessoas, a não ser que fossem muito pobres, eram responsáveis pela vida que levavam, e, para ela, segurança em vez de liberdade era uma escolha deplorável. Era servil.

Acreditava que em nossa cultura, pelo menos, as pessoas eram muito mais livres do que pensavam ser e tinham mais opções do que pareciam dispostas a reconhecer. Também acreditava que a maneira como os outros tratavam alguém estava, se não totalmente, na maior parte do tempo sob seu controle, e sempre queria que eu *assumisse* esse controle. "Pare de deixar as pessoas a intimidarem", me intimidava ela.

Susan disse: "Sei que não vai acreditar, mas, quando tinha a sua idade, eu era muito mais parecida com você do que comigo hoje. E posso provar isso!". Acontece que Maria Irene Fornés viria nos visitar naquele dia. Susan e ela haviam sido um casal entre 1959 e 1963. Quando ela chegou, assim que nos apresentou, Susan lhe disse: "Diga a Sigrid como eu era quando você me conheceu. Diga lá, diga!".

"Ela era uma idiota", disse Fornés.

Quando parou de rir, Susan me falou: "O que eu quero dizer é que existe esperança para você também".

— • —

"Sabe o que seria muito divertido? Irmos todos juntos para algum lugar por uns dias."

Susan sempre gostou de viajar, uma paixão que David compartilhava com ela, e, separados ou juntos, eles já haviam visitado muitos lugares, tanto nos Estados Unidos como no exterior. Viajar era, entre outras coisas, um excelente antídoto contra a depressão.

Era final de outono, apenas algumas semanas após a cirurgia, e Susan, que odiava o frio, queria ir para algum lugar quente. Divertido e quente, e não muito distante. “Você nunca esteve em Nova Orleans, não é mesmo?” Não. (Isso se tornou um intercâmbio familiar: “Você nunca viu *As bodas de Fígaro*?”, “Nunca comeu sushi?”, “Nunca foi ao Festival de Cinema de Nova York?”. Todas as vezes que respondia “não”, Susan dizia: “Ah, tem um agrado chegando para você”. E era sempre assim.) Ela e David haviam estado em Nova Orleans; conheciam pessoas lá; era, eles concordaram, o destino perfeito para uma viagem curta.

Nós nos hospedamos no French Quarter, e um dia alguns amigos nos levaram para um longo passeio pelo Bayou. Lembro que comemos maravilhosamente bem (“Você nunca provou lagostim?”), e cada estranho que conhecíamos tinha uma história para contar sobre o Mardi Gras. Eu me recordo de um jantar em que um belo jovem recitou de cor “Mornings on Bourbon Street” [Manhãs na Bourbon Street], de Tennessee Williams, e me deu um exemplar de *In the Winter of Cities* [No inverno das cidades], livro em que o poema aparece.

Amigos do belo jovem nos convidaram para outra festa, uma grande festa sofisticada que ocorreu (em um hotel, acredito) na noite anterior à nossa viagem de volta para casa. Não me lembro onde foi ou para que era, mas muitos dos convidados estavam vestidos de maneira tão extravagante que parecia uma festa à fantasia. No último minuto, fomos comprar algo para eu vestir. Em uma loja de roupas *vintage* encontramos um vestido de renda preto muito lindo e muito delicado. Uma alça estava descosturada. Mas, como dizia minha mãe, "quando você é jovem, pode superar qualquer coisa".

Logo que chegamos à festa, alguém nos apresentou a um homem corpulento e de rosto vermelho usando um terno completo branco, camisa branca, gravata branca, chapéu branco e luvas brancas.

"Senhorita Sontag!", ofegava. "É uma verdadeira honra. Ora, você é exatamente igual ao que vemos na tela! Eu vi todos os seus filmes. Cada um deles. Ah, a pequena Nova Orleans tem o privilégio de ter uma grande estrela em seu meio esta noite!"

Enquanto ele beijava minha mão, corei e comecei a explicar. Mas Susan, para quem o homem havia virado as costas, tinha se curvado de tanto rir e fazia sinais frenéticos para que eu entrasse no jogo. Ela não tinha vontade alguma de esclarecer o agradável companheiro bêbado. Estava se divertindo muito.

Voltei a Nova Orleans apenas uma vez. Era de novo outono, e fiquei no French Quarter, assim como nós três havíamos feito vinte e oito outonos antes. O que me levou até lá pela segunda vez foi uma conferência literária. Eu fazia parte de um painel cujo tema era "Escritores e Mestres" e falei sobre Susan como uma de minhas mentoras. No mês seguinte, ela morreu. Era 2004. A devastação da cidade que ela amava, somente oito meses depois, a teria arrasado.

Nunca mais usei aquele vestido, mas o guardei por anos — muito tempo depois consegui me desapegar de usá-lo. O livro, é claro, ainda tenho.

Ele pensou em seus amigos.

Ele pensou em seus companheiros perdidos,

[...]

Ele chorou pela lembrança.

[...]

Amor. Amor. Amor.

— • —

Não li a maioria dos obituários e comentários publicados após a morte de Susan (nunca me interessei muito pelo que outras pessoas tinham a dizer a respeito dela), mas posso imaginar que alguns mencionavam ausência de humor, crítica dirigida muitas vezes a ela enquanto estava viva. No índice do livro *Sontag & Kael* (2004), de Craig Seligman, por exemplo, em "Sontag, Susan" encontramos a entrada "ausência de humor", seguida de oito páginas de referências. (Compare isso a, digamos, "platonismo": duas páginas de referências.) Para muitos, ao que parece, essa deficiência a prejudicou tanto como crítica quanto como artista. Em um artigo na *New Yorker*, David Denby escreve que sua "falta de humor [...] a afetou" quando ela começou a fazer filmes e sugere que isso foi parte do motivo pelo qual, apesar de toda a paixão e perspicácia dela em relação ao cinema, suas tentativas "tiveram um resultado terrível". E, se Susan tinha senso de humor, conclui Phillip Lopate (*Notes on Sontag* [Notas sobre Sontag], 2009), este "raramente se revelava na página".

É verdade que ler Susan Sontag nem sempre faz você sorrir. (Vale a pena notar, no entanto, que seu conto foi selecionado para *Fierce Pajamas: an Anthology of Humor Writing from* The New Yorker [Pijamas ferozes: uma antologia de escritos humorísticos da revista *The New Yorker*], publicada em 2001.) Além disso, em aparições públicas, ela muitas vezes parecia não apenas sem humor, mas temperamental. Sobretudo durante os momentos de perguntas e respostas, inexplicavelmente era rápida em se irritar — *Estou cercada de idiotas* era a mensagem que seus olhos lampejavam —, rápida em insultar. (O problema, segundo ela, era o de sempre: em comparação com o europeu, o público estadunidense era vulgar e desinformado, e suas perguntas, normalmente banais.) Ainda assim, nunca entendi por completo por que esse lado dela atraía tantos comentários.

Parte do motivo sem dúvida tinha relação com sua conhecida obsessão pela seriedade. Nunca devemos nos levar muito a sério, não importa o que sejamos; há algo de cômico e até mesmo de indecoroso naqueles que o fazem — esse era um lugar-comum com o qual Susan não tinha nada a ver. Ela se levava muito a sério, de fato, e que se danasse aquele que tivesse problemas com isso; e o problema para *ela* era que os outros nem sempre a levavam a sério o suficiente. Naquela época, pelo menos, reclamava regularmente de como alguém cuja opinião lhe importava (sempre um homem, ao que parecia) não a tratava com o devido respeito. Eu mesma ficava surpresa com a maneira como às vezes ela era insultada. "Senhorita Sontag, por que você fez um filme tão chato?", certa vez um jovem em uma exibição de *Duet for Cannibals* [Dueto para canibais] perguntou, e metade da plateia riu, em aprovação. "Em vinte e cinco palavras, ou menos, você poderia nos contar sobre o que diabos era a história?" Era por ser mulher que as pessoas achavam que podiam se dirigir assim a ela?

Certa vez, em uma conferência de escritores, depois que Susan terminou de falar, uma mulher na plateia foi até ela e perguntou: "Você conhece Jean-Paul Sartre?". "Bem", disse Susan, "eu já o encontrei, mas não diria que o conheço. Por quê?". Os lábios da mulher se contraíram de excitação. "Porque ouvi falar que você foi amante dele." Então, incapaz de se conter, ela agarrou o braço de Susan, inclinou-se e disse: "E *isso é* um elogio".

"O que foi aquilo?", era o que eu queria saber. "Que tipo de elogio? Ele não é um velho decrépito agora?" O famoso e pouco atraente Sartre tinha setenta e dois anos, vinte e oito anos a mais que Susan (e uns trinta centímetros a menos).

"Aquilo foi sobre", ela me informou secamente, "uma mulher inteligente *precisar* ter um homem mais inteligente que ela".

É claro que ser inteligente, talentosa e muito bem-sucedida não necessariamente torna uma pessoa segura. Por acaso, eu a vi logo depois que terminou de escrever aquele que é provavelmente seu conto mais admirado, "Assim vivemos agora".

"Eu o escrevi muito rápido", ela disse, "e *pela primeira vez* soube na hora que era bom. Porque normalmente, você sabe, meu primeiro sentimento sobre tudo que escrevo é que é uma merda".

Quanto o gênero tem a ver com essa falta de segurança é impossível dizer. Mas, ao pensar nessa pessoa orgulhosa e intelectualmente ambiciosa chegando à maioridade nos dias anteriores à liberação das mulheres e no tipo de preconceito que deve ter encontrado rotineiramente, pode-se ter uma ideia de quão exasperante deve ter sido. (Uma lista parcial dos que a rebaixaram logo no início inclui Norman Podhoretz, Mary McCarthy, William Buckley, James Dickey, Philip Rahv, John Simon e Irving Howe.)

Ela também era insegura de outra maneira. Quando se preocupava com as muitas concessões que vinha fazendo — concordando com uma entrevista para a revista *People*, por exemplo, ou aparecendo na televisão mesmo depois de denunciá-la como "o fim da civilização ocidental" —, ela dizia: "Beckett não faria isso". Dizia isso o tempo todo. Pessoas como Beckett, Kafka ou Simone Weil — cuja seriedade ela reverenciava — foram suas pedras de toque durante toda a vida. Idealmente, talvez ela quisesse ser não apenas séria, mas "pura", como eles.

Naturalmente, contudo, também queria vender livros. Na verdade, ela *precisava vender*, considerando como se sentia a respeito de lecionar. E não era apenas de lecionar que ela se ressentia, mas de quase qualquer serviço, como atuar como escritora visitante, o que ela concordava em fazer por uma remuneração. Muitas vezes transformava essas visitas em experiências decepcionantes para todos. Tentava se virar com pouco ou nenhum preparo, e isso não era motivo de vergonha para ela. "Não tenho uma palestra enlatada", dizia, insinuando que ter uma palestra pronta não era algo de que qualquer escritor deveria se orgulhar. Ela improvisava — com resultados variados. Mais uma vez, como em outras aparições públicas, com frequência era hostil com a plateia, quase como se, estranhamente, achasse que as pessoas não tinham nada que estar lá. Decerto passava a impressão de que, deixando o dinheiro de lado, perdia seu tempo estando ali. Nessas situações, até mesmo quando o público era formado em grande parte por estudantes, seu entusiasmo didático de alguma maneira a abandonava. Parecia ser parte de sua insatisfação intensa com o mundo em geral. Em uma sociedade justa e inteligente, certamente não se esperaria que uma pessoa que tivesse o que ela dispunha para contribuir realizasse um trabalho tão penoso. Ela deveria estar em casa, trabalhando no Grande Romance que acreditava estar ao seu alcance. Aqueles que a convidavam muitas vezes acabavam tão infelizes quanto ela. Ganhou fama de ser um monstro de arrogância e falta de consideração, mas, conforme a vida seguia, os convites continuaram chegando, ela os aceitava, e a má reputação crescia cada vez mais.

A maioria das pessoas provavelmente preferiria ser chamada de feia a desprovida de humor, e duvido que Susan fosse uma exceção. Por um lado, ela odiava a ausência de humor em alguém; valorizava muito quem a fazia rir. Essa era uma das coisas de que mais gostava em seu amigo Donald Barthelme. Era uma das coisas de que mais sentia falta quando o filho não estava presente. Por mais dura que fosse, ela nunca foi uma legítima ranzinza. Sempre teve um grande círculo de amigos e conhecidos, e, embora houvesse muito nela que, de toda maneira, atraísse outras pessoas, seria provável que alguém verdadeiramente sem humor — não importa quão brilhante, celebrado ou influente — tivesse tanta gente ansiosa para compartilhar sua companhia? (Além disso, e posso até estar errada, acredito que é mais provável que uma mulher seja condenada por falta de humor do que um homem; um homem sem humor não parece ter exatamente o mesmo aspecto desagradável de uma mulher sem humor. E não devemos esquecer também que as feministas são, por definição, sem humor, não é? É só se lembrar da piada "Quantas feministas são necessárias para trocar uma lâmpada?".)

Ela ria com facilidade — e também não era esnobe no que se referia a humor; apreciava até as tentativas mais fracas. Riu quando alguém lhe contou qual seria a piada judaica favorita de Freud: "Você tomou um banho?". "Como? Está faltando um?". Riu do terrível trocadilho que alguém fez com o sobrenome do casal de tradutores de Kierkegaard — "Hong se você gosta de Kierkegaard" — e da minha imitação do Pica-Pau. Em conformidade com sua paixão por compartilhar tudo o que lhe agradasse, ficava ansiosa para repetir qualquer coisa divertida que ouvisse. Mas lamentava o fato de não ser boa em contar piadas ou anedotas. Se conhecesse uma história engraçada que David também conhecesse, ela insistiria para que ele a narrasse, porque "ele a conta de um jeito mais engraçado que eu". A respeito do talento cômico inegavelmente excepcional dele, Susan disse: "Ele não herdou isso de mim".

"Só conheço uma piada", contou. "E a conto muito mal. É uma piada judaica, claro." E tentou contá-la com um sotaque iídiche. A mãe. A criança neurótica. "Doutor, doutor, o que devo fazer? Toda vez que meu garotinho vê um *kreplach* [massa recheada, geralmente com carne bovina moída, servida em caldo de frango ou frita], ele começa a gritar." A piada exigia que Susan segurasse a cabeça entre as mãos e, com uma expressão de medo absoluto, gritasse: "*Aaahh! Kreplaaaaach!*". Essa continua sendo uma das coisas mais engraçadas que já vi.

Outra memória. Ela entra na cozinha, senta-se ao balcão comigo e diz: "Acabei de receber um telefonema muito interessante. Era um sujeito que dizia estar fazendo uma pesquisa para a empresa de lingerie

Maidenform e gostaria que eu respondesse a algumas perguntas. Então concordei. E daí ele começou a perguntar coisas do tipo: se eu estava usando sutiã agora, que tipo de sutiã era e qual o tamanho dele...".

"Um telefonema obsceno, você quer dizer."

Ela parece confusa, depois envergonhada. "Pois essa é uma boa explicação."

Nota final: depois do cabelo, o traço dela que mais impressionava as pessoas era o sorriso largo e bonito.

— • —

Quando recentemente eu soube que Javier Marías dizia que a pior coisa que um escritor pode fazer é levar a si mesmo ou sua obra muito a sério, acho que passei a entender. Acho que até mesmo concordo com ele. Acho que, se eu mesma tivesse pensado assim quando era jovem, minha vida poderia ter sido mais feliz. Poderia até ter me tornado uma escritora melhor. No entanto, sou grata por ter tido como modelo inicial alguém com uma visão tão exaltada e nada irônica da vocação do escritor. ("E você deve *pensar* nisso como uma vocação. Nunca como uma carreira.")

Virginia Woolf viveu como se a literatura fosse uma religião, e ela, uma de suas sacerdotisas. Susan me fez pensar na hipérbole antiquada de Thomas Carlyle: o escritor como herói. Não poderia *haver* busca mais nobre, aventura maior, busca mais recompensadora. E ela compartilhava a adoração de Woolf pelos livros, a ideia do paraíso como leitura eterna. (Embora certamente se opusesse à ideia de Woolf de que existia na literatura algo como "a sentença de uma mulher"; Susan nem mesmo admitia que existisse no mundo essa coisa de ponto de vista de uma mulher.)

Ela disse: "Não dê atenção a esses escritores que afirmam que não se pode ser ao mesmo tempo um escritor sério e um leitor voraz". (Dois desses escritores, eu me lembro, eram V. S. Naipaul e Norman Mailer.) Afinal, o que importava era a vida da mente, e, para que essa vida fosse vivida plenamente, a leitura era *a* necessidade. Almejar ler um livro por dia não era algo elevado demais (embora fosse algo que eu mesma não conseguiria). Por causa dela, comecei a ler rápido demais.

Por causa dela, comecei a escrever meu nome em cada livro novo que adquiria. Comecei a recortar artigos de jornais e revistas e guardá-los em livros variados. Assim como ela, sempre leio com um lápis na mão (nunca uma caneta), para sublinhar.

Da parte da professora Hardwick, embora às vezes ela fosse encorajadora, sempre tive a sensação de que, se me entregasse completamente à vida de escritor, encontraria mais infelicidade do que realização. Ao longo de anos após ter aulas com ela, toda vez que conversávamos eu notava que ela quase sempre perguntava sobre minha escrita só depois de indagar sobre minha vida amorosa: "Você ainda namora aquele jovem simpático?". (Muito após isso ser verdade, continuei respondendo que sim apenas para não a ouvir resmungar:

"Não me diga que deixou escapar outro".) Certa vez, depois de vários anos sem encontrá-la, eu lhe contei que estava pensando em ter um filho e fiquei profundamente comovida com sua resposta: "Essa, sim, é *uma* decisão da qual você *nunca* se arrependerá". Profundamente comovida, mas também profundamente ansiosa, por causa do que parecia estar por trás daquela observação. (Nunca tive aquele filho e confesso que, ao ler como, perto do fim da vida, Woolf determinou que, com ou sem livros, com ou sem fama, o fato de não ter filhos significava que sua vida deveria enfim ser julgada como um fracasso, eu me senti traída.) Hardwick dizia a seus alunos na Barnard que era preciso estar realmente entediado com a vida para se tornar escritor. De alguma forma, não acredito que ela achasse que isso era verdadeiro para os homens.

Com Susan, por outro lado, senti a como se tivesse permissão para me dedicar a estas duas vocações — ler e escrever —, as quais muitas vezes eram difíceis de justificar. E ficou claro que, por mais difícil, frustrante ou assustador que fosse — e por mais que escrever um livro pudesse ser uma longa punição —, ela não teria escolhido qualquer outro caminho; não teria desejado outra vida senão a que tinha.

"Os padrões de um escritor nunca podem ser altos demais."

"Nunca se preocupe em ser obsessiva. Eu gosto de pessoas obsessivas. Pessoas obsessivas fazem grande arte."

Ela também gostava de excluídos. Agradava-lhe ver a si mesma como uma excluída.

E o fato de nascer estadunidense não significava não poder cultivar uma mente europeia.

Ler uma prateleira inteira de livros para pesquisar um ensaio de vinte páginas, passar meses escrevendo e reescrevendo, enfrentar uma resma inteira de papel datilografado antes que aquelas vinte páginas pudessem ser consideradas prontas — para o escritor sério, isso era, é claro, normal. E, é claro, você não fez isso para se sentir bem consigo mesmo. ("Meu primeiro sentimento sobre tudo que escrevo é que é uma merda.") Você não fez isso para seu próprio prazer (ao contrário da leitura), ou para alcançar uma catarse, ou para se expressar, ou para agradar a um público específico. Fez isso pela literatura, disse ela. E não havia nada de errado em nunca estar satisfeito com o que se fazia. (Na verdade, se você não fosse regularmente atormentado por dúvidas, seu trabalho provavelmente *era* uma merda.)

"A pergunta que se deve fazer a si mesmo é se o que está escrevendo é necessário." Eu não sabia disso. *Necessário?* Eis aí, pensei, o bloqueio do escritor.

Por causa dela, eu resistiria a mudar da máquina de escrever para o processador de texto. "Você quer *desacelerar*, não acelerar. A última coisa que você quer é algo que vai tornar a escrita *mais fácil*." Ela também relutava em fazer a mudança de LPs para CDs. Era cética em relação a novos aparelhos e dispositivos eletrônicos. Ser avessa à tecnologia, para ela, era motivo de orgulho.

Mas algo em que se considerava um modelo terrível era em seus hábitos de trabalho. Ela não tinha disciplina, dizia. Não conseguia se organizar para escrever diariamente, como todos sabiam que era melhor. Não era, contudo, tanto a falta de disciplina (ou a preguiça, que às vezes censurava em si mesma), mas a vontade de fazer várias outras coisas além de escrever. Queria viajar muito e sair todas as noites — e, para mim, a mais adequada de todas as coisas que foram ditas sobre sua morte foi declarada por Hardwick: "No fim das contas, nada é mais enternecedor do que pensar que ela está deixando de passar as noites em *happenings*, em recitais de dança, na ópera, no cinema".

Lincoln Center. Até o fim da minha vida, acho, nunca mais vou ouvir a orquestra afinar os instrumentos ou ver os candelabros subir em direção ao teto da casa de ópera sem me lembrar dela.

Para começar a trabalhar, ela precisava liberar longos períodos durante os quais não faria mais nada. Tomava Dexedrine e trabalhava o tempo todo, nunca saindo do apartamento, raramente saindo de sua mesa. Adormecíamos com o som dela datilografando e acordávamos com o som dela datilografando. E, embora muitas vezes dissesse que gostaria de poder trabalhar de uma forma menos autodestrutiva, Susan acreditava que era somente depois de trabalhar a todo vapor por muitas horas que a mente das pessoas de fato começava a funcionar e elas tinham as melhores ideias.

Dizia que, se não fosse escritora, teria sido médica. Com toda a certeza, ela possuía a resistência necessária. Mas creio que o tipo particular de disciplina e submissão à rotina exigido de qualquer médico estaria além dela.

Disse que um escritor nunca deveria prestar atenção nas críticas, positivas ou negativas. "Na verdade, você verá, as positivas muitas vezes farão você se sentir ainda pior que as negativas." Além disso, disse, as pessoas são ovelhas. Se uma diz que algo é bom, a próxima diz que é bom, e assim por diante. "E, se *eu* digo que algo é bom, *todo mundo* diz que é bom." A certa altura, as pessoas nem *olhavam* mais para a obra; simplesmente tomavam suas decisões em relação à obra tendo como base o que já fora dito sobre ela.

Mas havia momentos em que ficava irritada com a pessoa a quem um de seus livros havia sido entregue para ser resenhado porque não acreditava que fosse inteligente ou importante o suficiente para escrever sobre ela.

Disse que era um erro se importar demais se os outros gostavam ou não de você. Ser desprezado em certas circunstâncias, ou por certas pessoas, podia constituir um excelente elogio.

— • —

Disse: "Não tenha medo de roubar. Eu roubo de outros escritores o tempo todo". E podia apontar não poucos exemplos de escritores que a roubaram.

Disse: "Cuidado com a guetização. Resista à pressão de pensar em si mesma como uma mulher escritora". (Estremeci quando recentemente entrei em uma livraria e vi os livros dela em uma prateleira com a placa *Comemore o Mês da História da Mulher.* Lá havia apenas obras dela, de Anaïs Nin e de Zora Neale Hurston.)

Disse: "Resista à tentação de pensar em si mesma como vítima". (Ela não tinha paciência com fracas que não podiam cuidar de si mesmas; aquelas sem armadura traziam à tona a agressividade dela.) Acreditava que as mulheres eram criadas para serem masoquistas e que isso também era algo contra o qual uma mulher deveria lutar. Embora se considerasse totalmente diferente da maioria das mulheres, queixava-se do que via como suas próprias tendências masoquistas. "Como meu jeito grotesco de desejar loucamente pessoas que não me querem." (*Grotesco* era outra de suas palavras.)

— • —

Antes de conhecê-lo, eu já tinha ouvido falar que o apartamento de Susan era um lugar famoso por hospedar visitantes. (Ela me confirmou uma história sobre a chegada à sua porta de Jean Genet, cujas primeiras palavras foram "Você tem ovos?", e me contou outra: “Ele estava totalmente paranoico com a possibilidade de ser reconhecido. Tinha medo de que a polícia estivesse atrás dele por causa de sua associação com os Panteras Negras. Eu repetia a ele que ninguém o reconheceria aqui, e então, na primeira vez que deixamos o prédio, um homem do outro lado da rua se aproxima e diz: ‘Você não é Jean Genet?’”.) Eu tinha ciência de que alguns amigos de Susan em Nova York, sem saber o que fazer com algum conhecido de fora da cidade que os visitava, às vezes mandavam essa pessoa, especialmente se fosse alguém jovem, até a casa dela. No período em que morei no 340, com frequência havia alguém dormindo na cama de solteiro que fora transferida do antigo quarto de serviço (então meu escritório) para um canto da sala.

Naquela época, em parte graças a seus ensaios altamente conceituados e populares sobre fotografia e em parte por causa de sua franqueza sobre ter câncer, Susan surfava em uma segunda onda de celebridade (a primeira, é claro, atingiu o auge nos anos 1960, com o advento de seus primeiros ensaios críticos, o mais famoso deles “Notas sobre o *camp*”). O telefone tocava o dia inteiro, e Susan não tinha vontade de adquirir uma secretária eletrônica ou um serviço de chamadas. Morar com alguém tão hiperativo como Susan já era como morar com uma multidão, e havia ainda um fluxo constante de visitantes. Susan adorava sair, mas também adorava receber pessoas, inclusive aquelas que via pela primeira vez. A casa era onde ela dava a maioria das entrevistas, por exemplo. Minha sensação era de que estava sempre abrindo a porta para um estranho ou voltando para casa para encontrar alguém esperando por ela (às vezes por até uma hora) na cozinha, onde, embora fosse o menor cômodo da casa, ela tendia a receber convidados. Também gostava que as pessoas com quem saía a buscassem em casa, mesmo que o destino fosse em outra parte da cidade.

David, é claro, estava acostumado com a vida ocupada e repleta de gente de sua mãe. Como ela gostava de dizer, ele cresceu "em casacos", querendo dizer que ela o arrastava para as muitas festas, *happenings* e outros eventos que não queria perder só porque tinha um filho pequeno. (Também o levava ao cinema e o deixava dormir sentado enquanto assistia a uma sessão dupla.) Na verdade, embora tivesse um senso de privacidade muito mais forte do que Susan, ele, assim como ela, ficava entediado e irrequieto quando as coisas estavam tranquilas demais. David também compartilhava a resistência dela e, embora talvez fosse um pouco menos sociável que a mãe, era muito mais sociável que eu, que já carregava as sementes da pessoa que me tornaria: alguém que passa noventa por cento do tempo sozinha.

Nunca fui o tipo de pessoa que deseja fazer muitas coisas; sempre quis fazer apenas uma coisa bem. O oposto de Susan, que não podia deixar de ver meu jeito como um fracasso, mesmo que fosse o jeito de muitos artistas, inclusive a maioria dos dançarinos, um tipo de artista que ela adorava. (Ela provavelmente ouviu a história sobre o coreógrafo Balanchine, a quem alguém uma vez tentou, sem sucesso, levar a um museu. "Já estive em um museu", disse supostamente o sr. B.) Tanto ela quanto David desaprovavam o traço monástico em mim; aos olhos deles, isso demostrava certa falta de vitalidade e curiosidade — algo muito ruim para uma aspirante a escritora! Para David, isso sugeria uma espécie de fraqueza, uma fraqueza que, se tolerada, me tornaria entediante. Susan acreditava que o tipo recluso era, no fundo, frio e egoísta. Eu deveria mudar.

E tentei mudar. Por um tempo, tentei com afinco acompanhá-los. Afinal, não era que eu não gostasse de sair. E é claro que fiquei empolgada em conhecer os muitos escritores e artistas brilhantes que Susan conhecia. (Susan: "Quando eu era criança em idade escolar, lembro como as pessoas apontavam para determinada mesa e diziam: 'É onde Cyd Charisse sentava!'. E eu também ficava emocionada. E agora, meu Deus, quando penso em como não valorizo isso".) Alguns dos momentos mais agradáveis de que me lembro foram as visitas à casa de campo de Roger e Dorothea Straus, ambos muito gentis. (Ao saber que Susan e David haviam comprado raquetes de tênis — estavam prestes a ter aulas com um profissional que por acaso também era um de nossos vizinhos —, Roger saiu da sala e voltou carregando uma de suas raquetes. "Para você, querida." Eu nunca a usei, mas, assim como o vestido de renda preto, eu a guardei por muitos anos.)

Claro que eu queria ir ao Studio 54. ("Você nunca encontrou Andy Warhol?")

Mas, quando se está apaixonado, o que se quer mais do que qualquer outra coisa no mundo? Olhando para trás, mal consigo me lembrar das vezes que David e eu ficávamos sozinhos. Uma ou duas vezes fui passar a noite com ele no quarto que ele alugava (embora raramente o usasse) em Princeton e lembro-me de tristemente desejar que pudéssemos ficar lá o tempo todo.

Logo que me mudei para o 340, voltei a trabalhar na *New York Review*. Depois de me dedicar a ser uma das três assistentes de Robert Silvers (e, graças à conexão de Susan com a *Review*, por ser colaboradora, à sua amizade com os editores e ao seu interesse fanático por tudo o que acontecia lá, a linha divisória entre minha vida profissional e minha vida pessoal estava bastante borrada), muitas vezes a última coisa que eu queria fazer era sair — em especial para um lugar barulhento, chamativo e lotado. (Quando eu cansava de ser criticada por não ser mais parecida com os dois, por não querer tanto sair por aí, por não querer ver e fazer mais, eu me vingava com o que provavelmente era minha maior arma: "Beckett não faria isso".)

Susan dizia como era tão mais fácil para ela trabalhar em seu quarto se soubesse que havia pessoas em outro lugar do apartamento. Mas a única ocasião em que eu conseguia trabalhar parecia ser quando o apartamento estava vazio.

Por um tempo, tentei levantar muito cedo e me trancar no escritório. Mas, assim que Susan acordava, batia na porta e me pedia para acompanhá-la até a cozinha. (Ela dormia o mínimo possível; não se podia convencê-la de que havia algum valor na atividade da mente inconsciente; dormir, assim como a infância, era perda de tempo.) Ela não suportava tomar seu café matinal ou ler o jornal sozinha. Recém-saída da cama, parecia precisar acima de tudo de uma orelha. Falava sem parar sobre qualquer coisa que lhe viesse à mente e, por algum motivo, naqueles momentos muitas vezes estava furiosa de indignação. Algo sobre sua vida que a estava incomodando, ou talvez uma notícia que vira na primeira página do *Times*, desencadeava isso. Nessas ocasiões, ela me lembrava muito minha mãe alemã — outra tagarela suscetível e crônica que pensava estar cercada de idiotas, vivia praticamente em um estado de indignação constante e, por acaso, também compartilhava o desprezo de Susan pela superficialidade e pela "cultura" estadunidenses.

David considerava difícil essa Susan matinal. Ele sentava ao balcão da cozinha de costas, afundado no jornal, o rosto encoberto por seus longos cabelos escuros.

Ela simplesmente não suportava ficar sozinha. Entre as muitas coisas que sempre quis fazer, não havia nenhuma que escolheria fazer sozinha. Não havia nenhuma experiência, no que dizia respeito a ela, que pudesse ser aprimorada por ser realizada sozinha. Para ela, a necessidade de fazer certas coisas, como comer, sem companhia era como um castigo. Preferia sair para jantar com alguém de quem não gostava muito a comer sozinha.

"Você notará", certa vez me disse, "que estou sempre fazendo alguma coisa. Se eu não estivesse falando com você agora, estaria lendo". Sempre garantia que sua mente estivesse ocupada. Na ausência de distração, disse ela, sua mente ficava em branco, e comparava isso com a estática na tela quando um canal de TV interrompe a transmissão. Ela me disse isso, eu sei que ela disse. Eu me lembro de suas palavras. Tenho pensado nelas com bastante frequência desde então, mas ainda tenho dificuldade em acreditar nelas. Uma tela em branco... e nada para projetar? Sem devaneios, sem fantasias, sem reflexões ou memórias, sem pensamentos sobre obras em andamento, sobre a vida, sobre as pessoas, sobre aquilo que planejava fazer — nem um *pensamento* sequer? Como isso era possível?

Não, eu não entendia. Mas isso certamente ajudava a explicar suas necessidades exageradas: atividade maníaca, companhia constante. Ajudava a explicar sua antipatia pelo campo e por que era muito mais difícil para ela que para a maioria das pessoas folgar o resto do dia. A tela em branco, Susan deixou claro, era algo a ser temido. Isso também pode explicar por que, apesar da curiosidade, apesar da avidez por experiências novas e até mesmo arriscadas ("Pretendo fazer tudo", escreveu em seu diário quando tinha dezesseis anos) e apesar da imersão na contracultura, ela evitou drogas que alteram a percepção. (Havia um tipo de pessoa que em geral era considerada uma candidata ruim ao LSD, o tipo de pessoa com a qual nunca se gostaria de ser pego viajando. Ela era essa pessoa.)

Voltei a pensar na tela em branco quando li a descrição de David sobre a luta final de Susan contra o câncer, quando o pensamento de extinção lhe causou tanta angústia e terror que ela quase enlouqueceu.

Não bastava que tivesse passado a noite com os amigos. Quando chegava em casa, embora tarde, embora David e eu já estivéssemos na cama, ela batia na porta do quarto. "Posso entrar?" Bem, estávamos esperando por ela. (A timidez em sua voz através da porta fechada era de cortar o coração.) David e eu dormíamos em um colchão no chão. Havia um pequeno sofá perto dele. Ela se acomodava ali, acendia um cigarro e começava a nos contar cada detalhe sobre sua noite. Às vezes eu adormecia enquanto ela falava.

O câncer de mama em estágio IV, o rompimento com Nicole — até então, provavelmente nunca tinha havido na vida de Susan um momento em que temesse tanto ficar sozinha. Nem tentava esconder quão devastador seria para ela se David se mudasse. Para mim, era impossível até mesmo pensar no que eu queria sem me sentir egoísta e cruel. "Acho que eu não conseguiria sobreviver à culpa", disse David na última conversa que tivemos sobre o assunto.

Não era de surpreender que ela ficasse na defensiva. Insistiu que, em primeiro lugar, não era a carência, mas o amor que a fazia querer manter o filho com ela para sempre. O relacionamento deles nunca foi uma relação mãe-filho comum, disse ela. Na verdade, contou-me, nunca quis que David pensasse nela como sua mãe. "Prefiro que ele me veja — ah, sei lá — como uma ridícula irmã mais velha." ("Mais como meu irmão" e "meu melhor amigo" foi como *ela* disse que costumava pensar *nele*.) Afinal, tinha apenas dezenove anos quando ele nasceu. (Isto sempre me deixou perplexa: a ênfase em sua "proximidade" etária, como se muitas outras mulheres naquela época não tivessem filhos mais ou menos na mesma idade — minha mãe, por exemplo, ainda mais jovem; como se Susan e David fossem quase da mesma geração.) E ela o fez. Eram bem parecidos, a ponto de serem quase idênticos em alguns aspectos, compartilhando a maioria dos gostos, interesses e paixões.

Ela me mostrou uma fotografia que a encantava, o jovem Roland Barthes com sua mãe: já um menino bem grande na época, e, portanto, um pouco cômico de ver, nos braços da *maman*, as longas pernas balançando. Roland Barthes, um dos maiores heróis literários de Susan, a quem eu muito admirava também, viveu com a mãe até o dia em que ela morreu.

Não havia nada de errado em dividirmos, nós três, o mesmo teto. De fato, em outras culturas — na

Rússia, por exemplo ("Não é mesmo, Joseph?") —, um arranjo como o nosso teria sido comum.

E diga a ela, por favor, o que havia de tão incrível na família nuclear tradicional? Ela já não tinha declarado publicamente isso como "um desastre"? (Também criticava com frequência os casais: não importa quão interessantes uma ou ambas as pessoas pudessem ser quando vistas separadamente, quando juntas eram invariavelmente chatas.)

Não seja tão convencional. (A verdade era que eu havia crescido em uma casa nada convencional, e a existência burguesa comum era, confesso, não apenas atraente, mas francamente exótica para mim.)

O que importava o que as outras pessoas diziam?

Ela estava certa: não deveria me importar com o que as outras pessoas diziam. Mas eu me importava. E o que diziam era chocante. As pessoas se sentiam à vontade para dizer coisas para mim que nunca ousariam dizer a ela.

Que havia um interesse febril e lascivo girando em torno do 340, isso era algo que eu já sabia. Antes de conhecer Susan ou David, eu já ouvira falar nisso. Agora as pessoas vinham diretamente a mim e perguntavam: *É verdade? Eles faziam sexo juntos?* Às vezes, em vez de me questionarem, diziam: *Eles devem ter feito sexo juntos.* Minha presença na casa parecia intensificar a especulação, botar mais lenha na fogueira. (O fato de Susan ser bissexual era, é claro, altamente relevante.) *O que acontecia lá em cima?* Uma noite, depois que me mudei do apartamento, mas antes de David e eu terminarmos, jantamos com um professor da Universidade de Nova York de quem David estava se tornando amigo. A certa altura, o homem se virou para ele e perguntou: "Você, Sigrid e Susan dormiram juntos?". Quando David respondeu "*O quê?*", ele simplesmente repetiu a pergunta mais devagar, como se fosse para um estrangeiro ou um idiota.

E no que se refere a todas as outras conversas sobre Susan? Eram verdadeiras? Ela era mesmo um monstro como todos diziam? Eu sempre ficava surpresa com quão mal as pessoas falavam de Susan e nunca conseguia dizer quanto ela própria estava ciente disso. (Se ela fazia alguma ideia de quão difundidos — e aceitos — eram os rumores de que havia se comportado de maneira imoral com o filho, nunca comentou comigo.) Em 1982, após um encontro no Town Hall de Manhattan em apoio ao movimento Solidariedade da Polônia, em que ela denunciou o comunismo como, essencialmente, uma variante do fascismo, ficou chocada com a violência com que foi atacada. "Eu nunca soube que tinha tantos inimigos." Para mim, no entanto, às vezes parecia que Susan tinha mais inimigos do que qualquer outra pessoa que já conheci. E, como acontece em círculos poderosos, até alguns de seus amigos eram seus inimigos.

Não sei se era verdade o que lhe disseram, que certo editor da *New Yorker* havia jurado que Susan Sontag nunca teria um conto selecionado naquela revista enquanto ele trabalhasse lá, embora parecesse plausível; era o tipo de sentimento que ela provocava. (Quando, em 1977, a *New Yorker* publicou "Unguided Tours" [Excursão sem guia], ela ficou tão triunfante como se tivesse sido a primeira coisa que lançava na vida.)

Tampouco sei se estava certa quando atribuiu a reação desagradável à sua aparição no Town Hall sobretudo à inveja. Sei que a inveja — inveja séria, fervilhante e rancorosa — a perseguia aonde quer que fosse. (Mas o encontro no Town Hall foi uma ocasião em que ela lamentou não estar mais bem preparada; se tivesse dedicado mais tempo a seus comentários, poderia ter encontrado uma maneira de expressá-los que não fosse tão incitante.)

O que acontecia lá em cima?

Lembro-me de um amigo que riu e disse: "Todo mundo imagina os cenários mais ultrajantes quando, na verdade, o que se tem é a clássica mãe possessiva e controladora e o filho culpado".

Eu achava difícil que Susan quisesse falar tanto sobre a história dela e de David e que essa fosse repleta de tantos conflitos e ressentimentos. Enumerava todas as coisas que fizera por David com o rosto corado, a voz se elevando. *Ela* teve uma mãe assim? *Eu* tive uma mãe assim? Ao comparar-se com outros pais que conhecia, ela muitas vezes confundia com falta de cuidado a disposição deles de conceder aos filhos uma grande independência. (Com frequência, criticava a maneira como outras pessoas tratavam os filhos, e na verdade não consigo me lembrar de ela ter elogiado alguém como pai ou mãe.)

Mas, apesar de todo o orgulho da maternidade e de todos os lamentos por não ter tido mais filhos, ela não era maternal. Na realidade, eu achava quase impossível imaginá-la amamentando ou cuidando de um bebê ou de uma criança pequena. Eu poderia imaginá-la mais facilmente cavando valas, dançando *break* ou ordenhando uma vaca. Desde o momento em que soube que estava grávida até o dia em que entrou em trabalho de parto, ela nunca consultou um médico. "Eu não sabia que deveria."

Infinitamente curiosa, lia pelo menos um livro por dia, mas nenhum sobre gravidez ou puericultura. Gostava de contar uma história sobre a ocasião em que um grupo de jovens mães a procurou para expressar preocupação com a maternidade dela, sugerindo que precisava de orientação. Não que fossem intrometidas, disse ela. Eram apenas mulheres não liberadas dos anos 1950 presas a ideias convencionais sobre o que uma mulher, esposa e mãe adequada deveria ser. Perguntei se elas a fizeram se sentir culpada, e ela respondeu com um enfático *não*. Nunca sentiu culpa pelo tipo de mãe que era. "Nem um pingo."

E contou a seguinte história: "Todo mundo me avisou que, depois que David nascesse, eu não dormiria muito. Mas estavam enganados. Ele nunca me acordou. Desde o dia em que o trouxe do hospital para casa, ele sempre dormiu a noite toda". Evidentemente, era assim que ela se lembrava. Evidentemente, não tinha ideia de que isso podia não ser verdade.

E esta também: "Quando eu estava escrevendo as últimas páginas de *O benfeitor*, não comi, não dormi nem troquei de roupa por dias. No final, eu não conseguia nem parar para acender meus cigarros. Pedia a David para acendê-los para mim enquanto eu datilografava". O ano em que escrevia as últimas páginas de *O benfeitor* era 1962, e David tinha dez anos.

Ela não era mãe. De vez em quando, ao perceber como os óculos de David estavam sujos, ela os arrancava do rosto dele e os lavava na pia da cozinha. Lembro-me de pensar como essa era a única coisa maternal que já a vi fazer. E notei que, quando ela estava perto de crianças — das três netas dos Straus, por exemplo —, não prestava atenção nelas.

As pessoas que conheciam Susan havia anos, que viram David crescer, disseram que não acreditavam que ela o deixaria ir. Não tinha nada a ver com o câncer, disseram; ela nunca deixaria outra pessoa vir em primeiro lugar na vida do filho. Ela mesma disse que, devido à natureza intensa e complicada do relacionamento deles, "David e eu sempre precisamos ter uma terceira pessoa por perto". Não gostava muito da palavra *namorada*; preferia *amiga*, embora às vezes se referisse alegremente a mim como a *consorte* de David. Referia-se a nós três como o duque, a duquesa e a patinha de Riverside Drive. Eu sabia que isso não era bom.

Também não ajudava que qualquer coisa divertida que David quisesse fazer ela quisesse fazer com ele — aulas de tênis, aulas de *motocicleta*. E, embora ela continuasse me dizendo que ficaria feliz em sustentar não apenas David e a mim, mas também a um filho nosso, dizia ainda que, se David se tornasse pai em breve, isso arruinaria a vida dele.

"Por que vocês dois não praticam somente meia-nove? Assim não terão que se preocupar com controle de natalidade." Havia uma quarta pessoa à mesa do almoço no dia em que Susan disse isso, e foi ela quem quebrou o silêncio: "Parece que Susan não quer ser avó".

Foi uma época de grande desconforto, confusão e constrangimento para mim — uma época em que me isolei das outras pessoas, inclusive da minha família e dos meus amigos. Embora eu tivesse pouca privacidade ou solidão, me sentia isolada como nunca. Aprendi a desconfiar daqueles que esperavam me usar para se aproximar de Susan. ("Ah, e, por favor, traga sua mãe" era algo que David se acostumou a ouvir quando atingiu a maioridade e passou a ser convidado para vários lugares.) E era difícil, no meio de toda aquela celebridade literária, tanto em casa quanto no trabalho — era difícil tentar encontrar o próprio caminho. E podia ser mortificante tentar defender as próprias páginas não publicadas, amadoras, provocar um alvoroço sobre a importância do tempo de cada um. Quando tentava falar com Susan sobre como ela não deveria me interromper enquanto eu tentava escrever ou me pedir constantemente para fazer coisas para ela, como encomendar longas listas de livros para sua biblioteca enquanto eu estava no escritório, ela prometia mudar. E até mudava, brevemente, mas então quase de imediato retomava os velhos hábitos.

— • —

Tentou me convencer a não ir para o retiro de escritores. Seria ruim para meu relacionamento com David, disse. Ele e eu estávamos juntos fazia menos de um ano; era muito cedo para nos separarmos por um mês inteiro. Mas eu sabia que minha partida traria pelo menos algum alívio para David; nós dois brigávamos muito, e ele estava ficando cansado de me ver chorar. (Mais um aconselhamento de Susan: se você chorar uma vez, as pessoas sentirão pena de você. Mas, se chorar todos os dias, elas simplesmente pensarão que você é uma chata.) Ela também se preocupava com o fato de que, se eu fosse, poderia conhecer outra pessoa. Achava que eu era uma namoradeira incorrigível. Também me chamava de provocadora — não tanto em desaprovação, mas no sentido de termos algo em comum: "Eu mesma sempre fui chamada assim".

Ela se sentiu vingada quando as coisas no retiro não deram certo para mim. Afinal, não tentara me dizer que fugir para o meio do nada não me ajudaria a escrever? Embora eu escrevesse todos os dias, conseguia ter apenas uma quantidade lamentavelmente ínfima feita, e nada daquilo era bom. Acabei jogando fora aquelas páginas.

Quando voltei para a cidade, era início da primavera. No comecinho daquele verão, Leonard Michaels, que lecionava em Berkeley, estava coordenando uma conferência de escritores. Ele havia convidado Susan para fazer parte do corpo docente. Embora feliz por ter uma desculpa para ir à Califórnia, ela, como sempre, não queria viajar sozinha. Poderia muito bem ter ido com um de seus amigos, como Elizabeth Hardwick, Donald Barthelme ou Theodore Solotaroff, todos eles convidados para a conferência de uma semana. Mas queria levar David — e por que não a consorte dele ("Você nunca esteve na Califórnia?") também? O pessoal legal de Berkeley concordou em providenciar um quarto extra. Então decidimos transformar a viagem em férias ficando mais uma semana, assim que as obrigações de Susan na conferência terminassem.

Eu queria ir. Nunca tinha estado na Costa Oeste. Estava animada para conhecer Berkeley e San Francisco, e foi minha ideia alugar um carro e dirigir até Big Sur por alguns dias. Essa parte da viagem não era algo que Susan teria planejado; para começar, já tinha estado em Big Sur e não tinha interesse em cenários naturais, não importa quão sublimes fossem — não quando podia ficar sentada horas e horas no Pacific Film Archive enquanto filmes eram exibidos ininterruptamente para ela. Era a chance perfeita para David e eu sairmos e fazermos algo sozinhos; era a parte da viagem pela qual eu mais esperava.

Mas, quando chegou o dia, Susan decidiu que também ia para Big Sur. Não tanto porque quisesse rever Big Sur, mas porque não suportava ser deixada para trás. Não que estivesse sozinha; desde o dia em que chegamos, estava cercada de pessoas, incluindo vários amigos que moravam na Bay Area, todos ansiosos para sair com ela. Na realidade, Susan havia marcado um encontro para o dia seguinte com um deles, que lhe prometera almoçar no melhor restaurante de Chinatown. O que significava que nossa viagem teria de ser abreviada. "Mas e daí? Não é o destino que importa", disse ela, "é a viagem em si, não é?". Não sinto orgulho da maneira como me comportei naquela viagem de carro. O que tornava o fato de ela viajar conosco ainda mais enlouquecedor e doloroso para mim era que, no final da semana, eu voltaria para casa sozinha, e os dois juntos visitariam os pais de Susan no Havaí.

Ela respirou fundo antes de falar. "David me disse que você está pensando em se mudar e que é por minha causa." Estávamos onde tudo começara: no quarto dela, eu sentada na cadeira, ela na cama. "Sinto muito", disse ela, modulando a voz e reforçando as consoantes, como fazia quando queria parecer no controle, "mas não posso assumir essa responsabilidade".

Realmente não havia muito que eu pudesse dizer em resposta a isso.

"Não é justo", ela disse teimosamente. "E se ele não me perdoar por sua mudança?"

Continuou: "Minha querida, você não pensou nisso. Não se vai de um casal que mora junto para um casal que mora separado. É um absurdo. Você está cometendo um erro enorme".

Eu teria apenas a mim mesma para culpar se terminássemos.

Se ao menos não fosse impossível para ela ficar sozinha. Se ao menos seu relacionamento com Nicole tivesse sido salvo. Se ao menos ela ainda morasse metade do tempo na rue de la Faisanderie. Se ao menos Joseph quisesse ser seu homem. Se ao menos ela não tivesse tido câncer.

Teríamos terminado de qualquer maneira. Teríamos ficado juntos mais tempo sem dúvida. Mas, no fim das contas, as coisas não teriam dado certo. Susan podia morar na Lua, e David e eu não teríamos dado certo. Eu sei disso há muito tempo. O que não sei é como conseguimos aguentar mais um ano e meio depois que me mudei de lá.

Por vários meses, continuamos a passar a maior parte do tempo juntos no 340, em vez de na caixa de sapatos semimobiliada com aquecimento e água quente pouco confiáveis que eu havia alugado na rua Sullivan. Durante esse tempo, as coisas realmente melhoraram — quer dizer, nós nos demos melhor. Eu não estava feliz, porém estava mais em paz. Eu não trabalhava mais na *New York Review*, mas em um trabalho semelhante, como assistente editorial de uma pequena editora alemã em um *loft* moderno no recém-nomeado Tribeca. E eu tinha começado a escrever um romance. Dele, seriam publicados apenas excertos em uma pequena revista, e seria desprezado por Hardwick como "ruim, cada palavra dele, não valia a pena ter sido escrito", mas, quando contava com apenas alguns capítulos, o romance atraiu para mim um agente literário e a atenção de uns poucos editores.

Somente agora me dei conta. Aquela conferência em Berkeley. Susan. Hardwick. Leonard Michaels. Donald Barthelme. Theodore Solotaroff. Estão todos mortos. A maioria das pessoas mencionadas neste livro de memórias está morta.

Logo depois que me mudei, alguém me enviou uma carta anônima começando com "Parabéns" e dizendo que eu tinha feito uma coisa corajosa, inteligente, provavelmente salvadora de vidas. Era para me apoiar, é lógico. Mas eu sabia exatamente por que era anônimo, e tudo o que a carta fez foi me enfurecer. (Eu me senti da mesma forma quando, anos depois, um amigo de Susan relembrou: "Claro, desde o dia em que você foi morar com eles, todos nós nos olhamos *horrorizados*".)

O ano de 1978 trouxe algo que Susan havia muito temia: o término de seu contrato de aluguel. Ser forçada a deixar sua casa de quase dez anos a colocou em uma crise. Teve até pesadelos com isso, incluindo um em que se viu morando em uma casa sem teto. “Mas e quando chove?”, ficava perguntando ao senhorio dos sonhos. (Estranhamente, um incêndio em um apartamento que ela alugaria alguns anos mais tarde em uma *townhouse* na King Street destruiria parte do telhado.) Ela não ficaria de fato satisfeita com nenhum dos dois apartamentos seguintes em que moraria, embora ambos fossem ótimos, e eu não conseguia entender por quê. Ela não seria de fato feliz novamente até que se encontrasse em outra cobertura, esta em Chelsea, onde, como na Riverside Drive, tinha uma vista esplêndida do Hudson.

Sua última casa.

Os meses passados à procura de um novo apartamento foram difíceis para David e Susan, que às vezes nem se falavam. Tornou-se cada vez mais problemático para David e para mim também, até porque eu tinha começado a sair com outra pessoa. (“Entendo por que você fez isso, mas por que diabos teve de contar a ele?” foi a reação exasperada de Susan a isso. Tanto que ela não entendia.) Na verdade, 1978 se destaca em minha memória como um dos anos mais sombrios e desencorajadores da minha vida. Susan finalmente assinou um contrato de aluguel em um duplex na rua 17 Leste. Estive lá no dia de primavera excepcionalmente quente em que eles se mudaram, mas não com muita frequência depois disso. Não me lembro de ter passado uma noite lá, embora eu saiba que passei. David e eu começamos a nos ver menos e, em algum momento do inverno seguinte, tivemos a última briga.

Quando eu estava fazendo as malas para sair do 340, Susan me disse que eu poderia levar o que quisesse. Peguei dois brinquedos que encontrei no fundo do armário de David: um boneco de pano Raggedy Andy e um ursinho de pelúcia marrom em que faltava um olho. (Anos mais tarde, Susan riria do comentário de um entrevistador a respeito das reclamações de David sobre sua infância infeliz, dizendo que ela se lembrava do quarto dele repleto de brinquedos e afirmando: "Eu ainda guardo seu ursinho de pelúcia".)

— • —

Nos anos após o término do relacionamento com David, tive mais contato com Susan do que com ele, embora nunca fosse muito. Durante esse tempo, ela ficava deprimida com frequência. Contrariando o conselho dela, David aceitou o emprego que Roger Straus lhe ofereceu ao se formar em Princeton. (Aos olhos de Susan, trabalhar como editor estava abaixo de David; ela acreditava que grandes livros também estavam ao alcance dele e que ele deveria permitir que ela continuasse a sustentá-lo enquanto se dedicava a escrever.) Então, para sua consternação, ele finalmente se mudou para um espaço só seu. Sempre que eu a via nessa época ela reclamava de estar sozinha, de se sentir rejeitada, abandonada. Às vezes, chorava. Havia metido na cabeça que tudo o que fizera na vida era, acima de tudo, para conquistar o amor e o respeito de David. Como se ele fosse o pai e ela a filha.

Falava sobre estar em terapia — uma grande surpresa, pois me lembrava de quanto desdém dedicava àqueles que recorriam à terapia ou, pior ainda, tomavam antidepressivos. Entre as pessoas que conhecia, as que ela parecia mais respeitar eram as que, por mais infelizes que fossem, resistiam à terapia. A resposta exemplar à depressão era o estoicismo, e, por mais que ela aprovasse o temperamento saturnino em um gênio como Walter Benjamin (temperamento que ela acreditava compartilhar com ele), tinha pouca paciência com os estados de ânimo de uma pessoa comum. A menos que você tivesse o que ela chamava de um problema real — uma doença com risco de morte, por exemplo —, se estivesse deprimido, seria melhor tentar esconder isso dela. Com o suicida, não tinha muita empatia. Fiquei pasma quando ela me disse que, sempre que o pensamento de suicídio lhe ocorria, ouvia uma voz interior dizer: "Eles não vão *me* pegar". (Quem são "eles"?, eu me perguntava.)

Mas, aos cinquenta e poucos anos, sua própria irritabilidade crônica e seu descontentamento se transformaram em algo mais sombrio. Ela se via rastejando de volta para a cama logo depois de se levantar, e a memória e a concentração às vezes eram tão ruins que "eu realmente achei que pudesse ter tido um miniderrame", disse. Consultou um neurologista, que esclareceu: nenhum derrame, apenas a típica depressão clínica da meia-idade. Começou a se tratar com um psiquiatra; por um tempo até tomou o antidepressivo Elavil. E então a psicoterapia se tornou um de seus interesses. Falava longamente sobre suas sessões, compartilhando o que dissera ao terapeuta e o que o terapeuta lhe dissera — incluindo, entre outras coisas, que um dos problemas de Susan era que estava cercada de narcisistas os quais ela não entendia, uma vez que ela mesma não era narcisista. ("E você?", ela me perguntou com sinceridade. "Você é narcisista?")

"Por que você tentou fazer de seu filho um pai?"

A princípio, ao ouvir isso, ficou chocada, disse Susan. Ela não sabia de *onde* o terapeuta poderia ter tirado *aquilo*! Mas então se deu conta: ela tentou *mesmo* fazer aquilo. E nós duas começamos a chorar.

Eu me lembro de nós duas, ao voltarmos de Nova Orleans, esperando David pegar nossa bagagem. O aeroporto estava lotado. Fazia bastante tempo que ele tinha ido, nós duas ficamos um pouco ansiosas, mas finalmente o vimos, ainda distante, mas fácil de localizar por causa de sua altura. E Susan falou sobre como isso sempre foi um conforto para ela: estar em algum lugar, esperando por ele, e enfim avistá-lo, "aquela girafa galopando em sua direção".

Além da altura, ele era dotado de duas outras características que Susan considerava atraentes tanto em homens quanto em mulheres: uma voz profunda e uma cabeça grande.

Ela se autodenominava melancólica, mas essa é uma palavra muito fraca e passiva para o que a afligia. Não era o que os franceses chamam de *un triste*. Sua tristeza estava repleta da raiva mais sombria. Reagia chutando e gritando. Eles não *a* pegariam! Quando estava infeliz com o mundo, ela atacava; queria machucar alguém. Em seu círculo íntimo, sempre tinha pelo menos uma ou um saco de pancadas, e ela batia, e batia, e batia.

Com exceção daqueles que considerava importantes ou a intimidavam, ela costumava amedrontar ou criticar seus amigos. Defendia seu comportamento dizendo que acreditava em "chamar a atenção das pessoas" ou "corrigi-las", como se fosse uma questão de Verdade. As pessoas precisavam ser *informadas*. Mas ela as informava com grosseria, e muitas vezes outras estavam presentes. Na verdade, era quando havia plateia que provavelmente ela mais exagerava. No pior desses momentos, vinha a mim uma imagem dela garota tomando aqueles copos de sangue. Umas poucas pessoas descobriram que, se alguém a enfrentasse, se mostrasse os dentes e rosnasse de volta, ela recuaria.

Mas Susan também descarregava seu gênio ruim em estranhos. Quando fomos à Filadélfia, ela brigou com o recepcionista do hotel. Ele ficou nervoso e cometeu um deslize: "Sr. Sontag...".

"Eu não sou o Sr. Sontag", disparou. "E, se você simplesmente levantasse a cabeça e olhasse para mim, veria isso."

David explicava que, embora esse tipo de comportamento não fosse totalmente novo, havia piorado muito desde o câncer, a ponto de parecer que ela não resistia a tais confrontos. Mas, se tais confrontos lhe davam certo alívio, eles também dificultavam estar em público com ela. Teria sido diferente se reservasse suas broncas para pessoas que realmente haviam feito algo imperdoável, mas não era esse o caso. Tudo o que um balconista ou um garçom precisava fazer era ser menos expedito ao atendê-la ou cometer um erro descuidado, e ela reagiria como se estivesse profundamente ofendida. Seu objetivo então não era apenas expressar seu descontentamento, mas humilhar a pessoa. "Eu sei que você provavelmente pensa que é bom demais para este trabalho...", começava.

Era masoquista *e* sádica.

Quando o terapeuta insinuou que Susan deve ter ficado "tão zangada" no momento em que teve câncer e novamente zangada quando seu apartamento foi danificado por um incêndio acidental, a reação de Susan foi de genuína perplexidade. "Eu disse: mas isso não seria irracional? Como se eu devesse sentir raiva de... o quê? De uma conjuntura?" Mas a raiva despertada nela por prestadores de serviços era irracional. Havia muito ódio naquilo. E houve momentos em que eu não conseguia deixar de pensar: como é possível sentir tanto ódio de alguém que nem se conhece? Às vezes, ela pedia algo especial — a substituição de um ingrediente em um prato do cardápio, por exemplo — e, quando era informada de que isso não seria possível, dizia: "Não se empolgue! Eu só estava perguntando". Vivia dizendo para as pessoas não se empolgarem em um tom mordaz de menosprezo.

Nos restaurantes, eu considerava o comportamento dela totalmente imprudente. Ela nunca tinha ouvido falar da vingança do garçom?

Em uma cafeteria no SoHo que começou a frequentar enquanto morava na King Street, ela enfim foi convidada a não retornar ao estabelecimento.

Com frequência mencionava quanto adorava se desculpar. "Eu sempre me sinto *maravilhosa* depois." Mas nunca a ouvi se desculpar ou expressar nenhum arrependimento após uma de suas explosões. Parecia pensar que era seu direito repreender as pessoas e que a rapidez com que se irritava não era uma fraqueza dominante, mas um de seus pontos fortes.

Ficava indignada ao ser considerada um monstro, mas, quando falava de rivais, gostava de citar um ditado que fora popular na sua infância: "É como colocar um bebê no ringue com o pugilista Joe Louis". (Ela era Joe Louis.)

E eu pensava que um homem que se comportasse como ela provavelmente teria aprendido muito tempo antes, pelas mãos de outros homens, uma ou duas coisas sobre respeito.

— • —

Apesar de todas as paixões, do enorme apetite por beleza e prazer, da famosa avidez e do ritmo incansável de sua vida invejavelmente rica, ela estava mortalmente descontente, e sua inquietação era daquelas que nenhuma viagem podia curar. E, a despeito das conquistas inegáveis, de todas as honras duramente logradas e da aclamação merecida, uma sensação de fracasso se agarrava a ela como uma roupa de viúva. No início, isso tinha tudo a ver com a maneira como sua ficção era recebida. Sempre a irritava o modo como as pessoas agiam como se ela tivesse começado a escrever ficção em uma espécie de intenção tardia, quando — olha só — o primeiro livro dela havia sido um romance. Aquele livro fora contratado por um editor de primeira linha antes mesmo de ser concluído; Susan tinha todos os motivos para pensar que estava no caminho certo para se tornar romancista. Graças a um dom supremo para a escrita de ensaios, as coisas iam bem, *loucamente* bem; mas aquele sucesso não era a resposta para seus sonhos.

Na época em que a conheci, seus dois romances estavam tão esquecidos que nem mesmo muitos de seus fãs sabiam que existiam. Eu mesma presumia que *Contra a interpretação* havia sido seu primeiro livro (um equívoco generalizado e permanente, repetido mais recentemente por sua própria editora na seção de biografia da autora dos dois livros póstumos).

Duas décadas e meia se passaram antes que ela pudesse terminar outro romance (embora tenha começado vários), mas nunca parou de escrever contos. Embora a maioria deles fosse publicada, era difícil não suspeitar que alguns haviam sido aceitos mais pelo nome do que pelos méritos da narrativa. Pois, quando um conto era publicado, a reação não era nada parecida com os elogios calorosos a que estava acostumada a receber ao lançar um de seus ensaios. (E, quando se dedicou ao cinema, a resposta foi ainda mais fria.)

O fato de os autores de ficção cujo trabalho ela admirava e defendia não reverenciarem sua obra em retribuição a magoava muito. Na verdade, não parecia haver fortes defensores de sua ficção, nem mesmo entre seus amigos. Acostumou-se a ouvir que seria melhor se ater ao que fazia de maneira tão brilhante (a alguns olhos, talvez melhor do que qualquer outra pessoa). Isso a colocou (ou, mais acuradamente falando, ela se colocou) na posição de ser sua própria defensora. Estava sempre intercedendo em favor de sua ficção, tentando chamar atenção para ela, empurrando-a para as pessoas que não a apreciavam. Uma posição estranha e desmoralizante. Em particular e em público, repetidas vezes, insistia que, independentemente do que todos pudessem dizer, ela era uma escritora de ficção que por acaso escrevia ensaios, e não o contrário. O fato de ninguém ter comprado essa ideia foi uma das maiores frustrações de sua vida. Mas ela não desistiu. Além disso, acreditava que grande parte da maneira como as pessoas eram tratadas se devia a elas próprias. Se continuasse agindo como se fosse, antes de tudo, uma escritora de ficção, os outros começariam a tratá-la assim.

Essa obstinação era uma das razões pelas quais tantas de suas leituras públicas davam errado. Os espectadores se sentiam decepcionados e demonstravam isso. Em alguns casos, só estavam lá porque haviam sido informados de que Susan leria um livro de ensaios ou daria uma palestra sobre determinado tópico. Então, sem aviso, ela lia um conto. E seus contos tendiam a ser longos. Claro, ela estava ciente — não podia deixar de estar ciente — do descontentamento de seus ouvintes. Como então podia fazer isso — e fazê-lo repetidamente — é uma das muitas coisas sobre ela que permanecem um mistério para mim. Não fazia sentido. Trata-se da sua obra: mesmo que você não possa deixá-los rindo ou chorando, por que desejaria irritá-los?

Grandes mudanças viriam. A *New Yorker* começou a publicar seus contos, incluindo o muito elogiado sobre a crise da aids, "Assim vivemos agora" (1986), que John Updike selecionou como organizador da obra *The Best American Short Stories of The Century* [Os melhores contos estadunidenses do século] (1999). *O amante do vulcão* foi tanto um *best-seller* como um grande sucesso de crítica. Nos Estados Unidos, ganhou o National Book Award de Ficção. As pessoas tiveram que engolir isso. Ouvi dizer que, depois da cerimônia de entrega do prêmio, ela não conseguia parar de chorar.

Ela começou a se referir a si mesma de brincadeira — e não tão de brincadeira assim — como uma iniciante tardia. Mas, no final, como sabia muito bem, sua reputação literária continuou a se basear sobretudo em seus melhores ensaios, e eles já tinham sido escritos havia muito tempo.

Se ao menos ela não tivesse esperado; se ao menos tivesse seguido mais cedo seu coração. Quanto mais velha ficava, mais se arrependia de não ter dedicado uma parte muito maior de si mesma à arte do que à crítica — assim como se arrependia do forte senso de obrigação moral que a levou a destinar tanto tempo às boas causas. Mais artista e menos crítica, mais autora e menos ativista: assim *devia* ter vivido. E então também reconhecia como havia permitido que sua obsessão por viagens se tornasse uma distração excessiva para o ato de escrever.

Não, ela não estava feliz com a obra da sua vida. Falhara em atingir as metas que estabelecera para si mesma na juventude. A verdadeira grandeza a iludira. Ela era como o sr. Ramsay de Woolf, preso em Q, sonhando com Z.

Mas nem tudo era culpa sua. "Perdi uma década", dizia. Referia-se à década anterior à sua primeira aparição impressa. Se não fosse pelo casamento e pela maternidade, é claro que teria publicado antes. (Isso é um tanto confuso, já que, durante grande parte desse tempo, David não esteve sob seus cuidados, e ela passou boa parte do tempo sozinha.) Mas também estava falando sobre certo livro, *Freud: The Mind of the Moralist* [Freud: a mente do moralista], o primeiro livro de Philip Rieff, publicado em 1959. Embora o nome dela não aparecesse na capa, era uma coautora completa, sempre dizia. Na verdade, às vezes ia além, alegando ter escrito o livro inteiro sozinha, "cada palavra dele". Tomei isso como mais um de seus exageros.

(Esse hábito de exagerar parecia infectar aqueles que escreviam sobre ela. Graças à fluência em francês, dizia-se que falava "vários" idiomas e lia Mann e Benjamin no original, embora na verdade não soubesse alemão. De fato, idiomas não eram uma de suas grandes paixões, e ela sempre dizia que, se não tivesse morado tanto na França, provavelmente nem falaria francês. Por ser uma frequentadora assídua de cinemas, dizia ir "quase todos os dias da semana", e, por sempre procurar sentar na frente, era dito que sentava exatamente "na terceira fila, no centro" — como se, ao menos em algumas dessas centenas de dias por ano em que ia ao cinema, o lugar favorito de Susan ainda pudesse não ter sido ocupado. Dizia-se que entrou na faculdade aos quinze anos, em vez de aos dezesseis, sua idade real na época. *Et cetera.*)

Naquela "década perdida" ela certamente pretendia incluir o tempo em que, depois de se divorciar de Philip e mudar com David para Nova York, e de ter recusado pensão alimentícia e ajuda para criar o filho, teve de sustentar a si mesma e a David — sobretudo lecionando — sozinha. (Embora, de fato, tenha sido precisamente nessa época que escreveu *O benfeitor*.) Da maneira como explicava, depois de cumprir uma "sentença de prisão" — sua infância —, foi forçada a cumprir mais duas: o casamento com Philip e a infância de David.

Um ano após o lançamento de seu primeiro livro, a publicação de "Notas sobre o *camp*" na *Partisan Review* fez seu nome. Mais ou menos um ano depois, era internacionalmente famosa. Nada mal para uma mulher com pouco mais de trinta anos. E no entanto, para ela, isso era motivo de vergonha! Afinal, obteve o bacharelado aos dezoito anos. Publicar seu primeiro romance aos trinta dificilmente torna alguém um preguiçoso, mas também não o faz ser considerado precoce. E ela estava muito ligada a essa ideia de si mesma como precoce. Tinha tendência de trazer à tona a década perdida sempre que havia um burburinho sobre algum prodígio literário ou intelectual, algo que despertava seu espírito competitivo. Se tivesse conseguido emergir na cena literária mais cedo, teria sido vista como um verdadeiro prodígio e causado um impacto ainda maior do que provocou. Não sei se ela sempre se ressentiu disso, mas, quando a conheci, era claro que se sentia traída.

Parti o coração dela, Susan me contou, quando me queixei a ela: "Tenho vinte e cinco anos e não realizei *nada*".

E ela se sentia traída de outras maneiras. Fama era uma coisa; dinheiro, outra. Durante a maior parte da vida, sentia, seu trabalho não foi recompensado de maneira justa. Não teve segurança financeira real até atingir a casa dos cinquenta anos. E, no entanto, havia muitos outros escritores e artistas, incluindo um sem-número em seu próprio círculo, cujo trabalho lhes rendera dinheiro. Talvez não fosse ideal que tantos de seus amigos e conhecidos fossem ricos e que ela com frequência fosse jogada na companhia dos super-ricos. Às vezes parecia que estava cercada de pessoas que tinham muito mais que ela: as que possuíam apartamento próprio (uma situação bem menos comum que agora); as que tinham empregados; as que colecionavam obras-primas; as que, quando viajavam, voavam sempre de primeira classe. Irritava-a o fato de, com pouquíssimas exceções, essas pessoas não poderem alegar estar fazendo o tipo de contribuição valiosa para a cultura e a sociedade que ela fazia. Um pouco antes de assinar com um agente, quando estava preocupada em pagar o aluguel — agora quatro ou cinco vezes o que pagava no 340 —, reclamou disso com um de seus amigos nascidos ricos, que a enfureceu ao sugerir que ela deveria considerar deixar a cidade. Teria sido uma grande ajuda se, durante esse tempo, ela tivesse recebido uma Bolsa MacArthur (como receberia, enfim, em 1990). Mas, ano após ano, ela se via preterida: nove anos de amarga frustração.

À medida que os anos passavam, tornava-se cada vez mais difícil para ela aceitar que precisava fazer qualquer coisa apenas por dinheiro. Antes, havia menosprezado escritores com agentes, escritores que faziam grandes turnês de divulgação, que sabiam exatamente quantos exemplares seus livros haviam vendido e, para seu desgosto, estavam vulgarmente preocupados com o valor de seus adiantamentos — exatamente como antes ela acreditava que um escritor sério desdenharia de prêmios financeiros e premiações bobas. Beckett...

Mas agora via que, se ela mesma estivesse um pouco mais preocupada com dinheiro, poderia ter sido poupada do trabalho interminável e dos muitos serviços e aparições que tomavam tanto do seu tempo. E esse se tornou outro arrependimento. Deveria ter acatado antes o conselho de quem lhe dizia que, com uma atitude diferente e o agente certo, ela também poderia ser milionária.

Outros fracassos a consumiam. Eu a achava abençoada por ter conseguido manter amizades, em alguns casos por décadas, com ex-amantes e que isso depunha muito a favor dela. Mas em relação à vida amorosa ela era inconsolável. E havia também seu relacionamento com David, a quem continuou a se referir, sempre, como "minha única família". Como a atormentava o fato de terem passado tanto tempo brigando, o histórico de tantos períodos de tensão, hostilidades e distanciamento.

Certa vez, quando saímos juntas e ela abriu o coração, lembro-me de pensar que qualquer um que a estivesse ouvindo diria a si mesmo: eis uma pobre e triste criatura; solitária, não amada e incompreendida. Lembro-me de pensar como aquele ouvinte nunca imaginaria que, na verdade, ali estava uma pessoa que sempre estava cercada por um grande círculo de pessoas que se preocupavam com ela, a honravam e respeitavam, e por um círculo menor que a ajudava constantemente, e que, dentro desse círculo, havia um grupo devotado que sempre estaria lá para ela, não importava o que acontecesse; e que, se ela não quisesse, não precisaria passar um dia de sua vida sozinha.

Até mesmo pessoas que nunca conheceram Susan lhe enviavam cheques para ajudar a pagar as despesas médicas com o tratamento de câncer.

Estamos ao telefone, supostamente tentando marcar um encontro. Ela fica taciturna, impaciente. “O que foi?”, digo. “Agora não quer mais sair?” Um grande suspiro. “Sim, claro que quero. Mas não desse jeito. Não como duas senhoras da sociedade combinando de tomar um chá. A gente morava juntas!” (Tradução: liguei porque preciso de alguém para estar comigo agora. Não fale sobre a porra da próxima terça-feira. Vamos agora, preciso de alguém AGORA.)

Em outra ocasião, ela me liga porque está com um problema, algo relacionado ao incêndio recente em seu apartamento. Depois de uma troca de palavras breve e vaga, pergunto: “Quer que eu vá até aí e ajude?”. “Sim, claro, mas você não percebe? Não cabe a *mim pedir* sua ajuda, cabe a *você*, como amiga, *oferecer*." (Eu ofereci, mas não rápido o bastante.) Ela decidiu contratar uma assistente e quer meu conselho. Quando sugiro uma jovem que ambas conhecemos, ela explode: "Não quero uma criança! Não estou procurando uma datilógrafa! Preciso de alguém que me conheça e conheça meu trabalho e as coisas que me interessam. Ah, esqueça. Você claramente não tem ideia do que significa estar na minha situação. É um problema com o qual não consegue se identificar porque é um problema que você não tem *nem nunca terá*".

Ela estava amarga. Estava furiosa. Estava com raiva do mundo. Uma Joe Louis que queria machucar alguém.

E também nisso ela lembrava minha mãe: era o tipo de pessoa de quem os outros dizem: não se pode acertar com ela.

Mas, para ser honesta, muitas vezes me fiz de boba com Susan, e, se havia uma coisa que poderia deixá-la louca, era isso.

— • —

Enquanto escrevia este livro, sonhei com ela duas vezes. No primeiro sonho, estamos no balé. Nós nos encontramos durante o intervalo. Ela tem estado doente. Seu cabelo é curto, fino, seco, vermelho. "Bem", ela pergunta, "você se infiltrou?". Ela se refere à companhia de balé. “Por exemplo”, ela diz, “qual é a altura daquele bailarino?”. Respondo a ela. “Não, não”, diz. “Ele tem mais de seis metros de altura.” Digo que isso é impossível. Nenhum bailarino tem seis metros de altura. Ao que ela fica agitada e diz: “Como posso confiar em você agora?”.

No segundo sonho, estou na casa dela, sozinha. Ela está fora, e concordei em cuidar da casa. Enquanto estou lá, chegam dois estranhos, um casal chamado Pat e Mike Tribe. Vieram se apoderar do imóvel. São educados, mas firmes, e, embora eu tente, não consigo detê-los.

Como ela pode confiar em mim? Não sei como me infiltrar direito e permito que os Tribe invadam a casa dela.

Enquanto no início, em seus anos precoces, costumava ser a caçula do grupo, nos últimos anos foi o contrário. Isso porque, quanto mais velha ficava, mais preferia fazer amizade e socializar com pessoas mais jovens, com frequência muito mais jovens que ela. E também porque queria ir a lugares e fazer coisas normalmente associadas à juventude. Ser a pessoa mais velha em uma sala não a tornava constrangida; nem parecia fazê-la se sentir — como provavelmente a maioria das pessoas se sentiria — velha. A ideia de que poderia estar deslocada em qualquer lugar por causa da idade estava além dela — como a ideia de que poderia ser *de trop*.

Lembro-me de como me senti deslocada no show de Bruce Springsteen no Madison Square Garden em agosto de 1978: uma jovem de vinte e sete anos no meio de todos aqueles garotos de aparência devastadoramente jovem aos berros. E me lembro de como Susan parecia estranha para mim, de longe a pessoa mais velha à vista, o cabelo grisalho selvagem nunca tão brilhante, definitivamente atraindo alguns olhares. Mas, se ela mesma percebeu alguma coisa, não deu sinal. Mais uma vez, acho que seu comportamento tinha tudo a ver com sua determinação feroz de compensar uma juventude que sentia ter sido roubada dela.

Estava pronta para *qualquer coisa*. Deve fazer *de tudo*. Mas houve momentos (como naquele show de Springsteen) em que seu entusiasmo parecia forçado. Muitas vezes ela me parecia alguém que queria sentir dez vezes mais o que de fato sentia. Dez vezes mais feliz, ou dez vezes mais triste, ou dez vezes mais estimulada por qualquer coisa que a atraísse. (Será que isso poderia estar, pelo menos em parte, na raiz de sua ânsia de assistir a tantos filmes e apresentações — repetir todas as experiências que lhe davam prazer — um número tão impressionante de vezes? *Nunca o bastante*: que ética cruel pela qual viver.)

E houve momentos em que a curiosidade obsessiva, que ela mesma considerava sua maior virtude, parecia mais próxima do voyeurismo: não uma virtude.

— • —

Ela era *tão* Nova York. E no entusiasmo, na energia e na ambição, no poder de tudo fazer, no espírito de superação de revezes, na natureza infantil — e na crença em seu excepcionalismo e no poder da própria vontade, na autocriação e na possibilidade de renascer, na possibilidade de novas chances infinitas e de ter tudo —, também era a pessoa mais estadunidense que conheci.

"Bem, aqui estamos nós", diz ela, encolhendo-se ao lado de Joseph. "Nem mesmo na meia-idade e já atingidos pelas duas principais doenças fatais."

A conversa se volta para *Hope Against Hope* [Esperança contra esperança], o livro de memórias de Nadezhda Mandelstam sobre a vida sob Stálin, em que Susan compara aquele inferno com a dor e o sofrimento da vida familiar normal: "O que não teríamos dado por tais desgostos comuns!". Joseph dá de ombros, impassível. "Confie em mim, ela também tinha muitos desses." Depois de uma pausa contemplativa: "Sabe, no final das contas, nada disso importa, o que acontece com você na vida. Não sofrer. Não ter felicidade ou infelicidade. Não ficar doente. Não ficar preso. Nada". Ora, isso é europeu.

Ela gostava de pessoas que eram físicas, que gostavam de tocar e ser tocadas, que eram loquazes, confessionais e fáceis de se abrir — um jeito de ser que ela às vezes chamava de judaico. E gostava de termos carinhosos; ela mesma costumava usar "caro" e "querido". E, por mais que criticasse as outras pessoas na frente delas, também era rápida em elogiar. Lisonjeava e convencia os outros o tempo todo. Era efusiva com alguém — elevava o tom de voz, se por acaso houvesse uma multidão — enquanto ela ou ele ficava parado, sorrindo ou corando. Ao apresentar você a alguém famoso, ela o lisonjeava, dizendo: "Vocês dois já se conhecem?".

Podia não considerá-lo igual a ela — considerava poucas pessoas iguais a ela —, mas isso não significava que não quisesse ouvir a história de sua vida. Nem sempre precisava ser o centro das atenções. Adorava conversar, mas também adorava fazer os outros falarem, quanto mais intimamente melhor. Acontecia com bastante frequência, disse, de alguém lhe contar algo que afirmava nunca ter revelado a ninguém antes. O que era interessante, uma vez que ela era conhecida por ser indiscreta, por não ser boa em guardar segredos e, como admitia, incapaz de não trair as confidências dos outros.

O pequeno ritual — copiado, como tantas outras coisas que ela fazia, por muitos de nós — de passar os últimos minutos antes de viajar procurando nas prateleiras um livro que ainda não tivesse lido, para levar com ela.

Ela viajou tanto que, aonde quer que eu vá, ela esteve lá antes de mim.

— • —

David a enterrou em Paris. No mesmo cemitério de Beckett.

Eu a vi bêbada uma vez. Foi um acidente. Tínhamos combinado de nos encontrar no bar de um pequeno restaurante, na parte baixa da Sexta Avenida antes de irmos ao Film Forum. Ela comparecera a um evento antes de me encontrar e lá, diferentemente do seu costume, tomou um drinque: uma margarita. Chegou ao bar já embriagada. Então tomou outra margarita, a qual bebeu muito rapidamente; tive de apoiá-la no caminho para a sala de cinema. Posso afirmar, porém, que ela estava bêbada demais para saber que estava bêbada.

Era um filme estranho, um documentário alemão sobre a construção da Autobahn. Assim que começou, Susan adormeceu. De vez em quando, acordava e assistia por um minuto ou mais antes de voltar a cochilar. Não importa: ela sonhou com um filme dela e, quando as luzes se acenderam, virou-se para mim e disse: "Foi ótimo, não?".

— • —

Quando eu ainda estava na faculdade, em Columbia, fiz um curso de literatura britânica moderna com Edward Said. Sempre que o mencionava, Susan me provocava: "Parece que você tem uma queda por ele".

(Embora Susan e Said provavelmente já se conhecessem nessa época, ainda não haviam se tornado amigos.) Havia verdade nisso. Muitos estudantes se encantaram com o jovem, bonito e brilhante professor Said.

Então, de alguma forma — não consigo me lembrar dos detalhes, exceto que não tive nada a ver com eles —, o professor Said estava vindo nos visitar!

Nunca entendi o que aconteceu naquele dia. Lembro que estávamos os quatro na sala, onde havia apenas uma cadeira confortável. Lembro que Said estava sentado naquela cadeira ainda de casaco e com um guarda-chuva, o qual apoiou no chão ao lado da cadeira. E o tempo todo ele se abaixava para pegar o guarda-chuva e imediatamente o recolocar no chão.

Lembro que eu não disse nada, David não disse nada, e, embora Susan tenha feito o possível para entrosá-lo, Said também não disse muita coisa. Ficou lá sentado de casaco, brincando nervosamente com o guarda-chuva e sem falar muito, e, quando falou alguma coisa, foi resmungado. Ele sentou em uma cadeira confortável, a única confortável em todo o apartamento, parecendo tão desconfortável como se estivesse sentado em pregos, pegando o guarda-chuva e recolocando-o no chão, balançando a cabeça para qualquer coisa que Susan dissesse, mas obviamente muito distraído para estar de fato escutando. Do que foi discutido, só me lembro de ter sido de quem era e quem não era ainda do corpo docente da Columbia, onde, anos antes, Susan também lecionara. A visita toda, embora não tenha durado muito, foi excruciante, e houve um grande alívio quando ele se foi.

E, depois que ele se foi, Susan veio me procurar. "Você está bem?" Dei de ombros. "Olha", disse ela, "não faço ideia do que se trata, mas sei como você se sente e sinto muito". Do que ela estava falando? "Sei como é quando você admira alguém e então o vê sob uma luz nada lisonjeira. Sei que pode ser muito doloroso."

Sentamos juntas por um tempo, fumando e conversando. Quantas horas passávamos assim, fumando e conversando! Para mim era insondável: a pessoa mais ocupada e produtiva que eu conhecia, a qual, de alguma forma, sempre tinha tempo para uma longa conversa.

"Mas é isso que acontece", disse ela. "Você tem que estar preparada para isso." Acontecia muito com ela, disse. Depois que começou a conhecer escritores e artistas, acontecia repetidamente. "Eu ficava tão empolgada em conhecer essas pessoas — meus heróis! Meus ídolos!"

E mais e mais ela se sentia decepcionada, ou até mesmo traída. E ficava tão desiludida que acabava se arrependendo de tê-los conhecido, porque agora não poderia mais cultuá-los ou à sua obra, ao menos não da mesma maneira pura.

Um de seus livros favoritos era *Ilusões perdidas*, de Balzac, que ela insistia que eu deveria ler imediatamente.

Era uma vez em Tóquio era um de seus filmes favoritos. "Tento vê-lo uma vez por ano." (Naquela época, se você morasse em Manhattan, poderia fazer isso.)

Ficou chocada com o fato de eu não o ter adorado. (Sinto vergonha de dizer que, naquela primeira vez, achei a obra-prima de Ozu muito lenta.)

"Mas você não o entendeu? E aquela parte, depois do enterro da mãe?" — e recitou um diálogo que ocorre entre a filha mais nova e a nora. "Ah, meu Deus!" Ela apertou o pescoço. "Aquilo não te fez *chorar*?"

Que idiota eu devo ter parecido para ela. Pensei em mentir apenas para poupá-la. Mas então ela acenou com a mão e disse: "Ah, é só porque você é muito jovem. Daqui a alguns anos, você vai revê-lo e então entenderá". Confiante.

Na verdade, não demorou anos. E não precisei rever o filme.

Kyoko: A vida não é decepcionante?

Noriko: Sim, ela é.

Sobre a autora

Sigrid Nunez nasceu em 1951, em Nova York, onde mora até hoje. É filha de uma alemã e de um panamenho de origem chinesa.

Graduou-se em 1972 no Barnard College e obteve o mestrado na Universidade Columbia (1975). Lecionou em prestigiosas instituições de ensino, como Amherst College, Universidade Columbia, New School, Universidade de Princeton e Smith College.

Em 1989, recebeu o prêmio da Fundação General Electric Foundation para jovens escritores e, em 1993, o Whiting Writers' Award. Também foi laureada com dois prêmios da American Academy of Arts and Letters: o da Rosenthal Foundation (1999) e o Rome Prize in Literature (2000-2001). Ganhou o Berlin Prize, uma bolsa de estudos concedida pela American Academy em Berlim, em 2005. É membro da American Academy of Arts and Sciences.

Entre os jornais e as revistas para os quais escreveu, estão *The New York Times*, *The Wall Street Journal*,

The Paris Review, *The Threepenny Review*, *Harper's*, *McSweeney's*, *Tin House* e *The Believer*.

Seu primeiro romance, *A Feather on the Breath of God* [Uma pena no sopro de Deus] (1995), foi considerado "uma estreia notável" pela revista literária e cultural *The Atlantic*. Parcialmente autobiográfico, conta a história da filha de um casal de imigrantes que mora em Nova York.

Naked Sleeper [A adormecida nua] (1996), seu segundo romance, tem como personagem principal Nona, uma mulher de meia-idade que, infeliz no casamento e na vida, procura uma saída para ambos. Sobre ele, o *Chicago Tribune* afirmou: "É difícil escrever sobre personagens que se preocupam com amor e destino sem parecer — ou fazê-los parecer — tolos. Mas Nunez foi bem-sucedida".

O livro seguinte foi *Mitz: The Marmoset of Bloomsbury* [Mitz: a sagui de Bloomsbury] (1998), a biografia fictícia da sagui de estimação de Leonard e Virginia Woolf. Já *For Rouenna* [Para Rouenna] (2001) é sobre uma enfermeira do Exército dos Estados Unidos que serviu no Vietnã, enquanto o livro que veio em seguida, *The Last of Her Kind* [A última da sua espécie] (2006), retrata a vida de duas mulheres que viveram "a agitação cultural dos anos 1960". O romance tem alta carga dramática e aborda temas como justiça, questões raciais e idealismo político.

Seu sexto romance, *Salvation City* [Cidade da Salvação] (2010), é sobre uma pandemia global de gripe.

O protagonista é um adolescente que testemunha a doença assolar os Estados Unidos. O *New York Times* considerou a narrativa "gratificante, provocadora e bastante plausível".

Pela Instante foram publicados em 2019 *O amigo* (2018), seu sétimo romance, vencedor do National Book Award na categoria Ficção, e em 2021 *O que você está enfrentando* (2020). Suas obras já foram traduzidas para mais de vinte e cinco idiomas.

Sempre Susan: um olhar sobre Susan Sontag foi publicado originalmente em 2011, e a *New York Review of Books* o chamou de "inovador e comovente". O *Los Angeles Times* afirmou que se trata de uma obra "cuidadosa, repleta de detalhes cativantes, além de uma vigorosa defesa da mentora" de Nunez, a também escritora Susan Sontag.

Sobre a concepção da capa

O cabelo é um símbolo poderoso, um reflexo da nossa identidade. Ao escolher esta imagem para a capa somos atraídos para uma jornada íntima entre a autora e uma das figuras mais influentes do século XX. A ilustração retrata os fios rebeldes e distintos do cabelo de Susan Sontag, que se destacavam como uma marca registrada de sua personalidade forte e expressiva.

A escolha de retratar o cabelo de Susan também evoca a ideia de movimento e liberdade, sugerindo a natureza inquietante de seu pensamento, sua autenticidade e coragem. Relembrando aqueles dias datilografando na IBM Selectric de Susan, Sigrid Nunez nos convida a embarcar em uma jornada para as profundezas da conexão humana e para a importância de abraçar nossa própria singularidade.